愛すること、理解すること、愛されること

1

行きの北陸新幹線車中で、早速、鶴見《つるみ》光介《こうすけ》と巴香《ともか》の夫妻は始めていた。

「馬鹿じゃないの？　何が内助の功よ。家で楽してるくせに、社会に出て闘ってる私を舐めるんじゃないって」

「社会に出て闘ってる？　おまえなんか、親とかおじいちゃんとかの七光り八光りの、所詮はデザイン偏りの、バブリーな焼き物作家やないか」

これは、こういう口喧嘩につながるような話題を振った自分が悪かったと、水口純吾《みずぐちじゅんご》は反省するのだったが、しかしどう始めたところで結局はこうなっていただろうとも思う。

この夫婦は、諍《いさか》いをしたいときにはどうしたって諍いをする。

隣の北村珠希《きたむらたまき》は眠そうだ。眠りに釣り込まれそうなその表情と顔の動きは、薄手の黒白のスタジャンにくるまれて、ほんの子供みたい。長い髪は金色に近い茶髪であるが。

新幹線のシートにもたれて光介は、兵庫出身の関西訛《なま》りをここぞと強調する。

「今こそはっきり言ったる、みんなの前で。おまえは自己顕示欲の塊。イメージ戦略があるだけの、あばずれアーティスト、アート・ビッチや。お酒メーカーとのコラボで酒器作るんはまだわかるとして、ジュエリー販売会社とのコラボ陶芸って、いったいなんやねんそれ？」

巴香が光介を強く睨む。「みんながいるから言いたい放題になれんのよね、この弱虫」

一重まぶたの細い目だが、かつて光介はそれを、他の女では欠点でも彼女の場合は血統の良さが現れてる、と評していた。

ショートボブの黒髪である巴香は、髪質はさらさらで、肌は白い。痩せぎすで、それなのに胸元の大きく開いたシャツに、鎖骨や胸骨などを露わにしている。仕事で爪を伸ばせないのが残念、と自己紹介がてら口にするのだったがその実、手入れのゆきとどいた指先を、ナチュラルな美しさと褒められるのをいつも期待している。

また珠希があくびをする。リブ生地の袖先で口元を覆う。

「別に巴ちゃんの味方するわけじゃないけど」

「してよ味方、同じ女同士」

「光ちゃんは巴ちゃんにどうなってほしいの？」

無造作に見えるよう時間をかけて立たせた髪型に無精ひげ、光介は、片方だけの八重歯をちらつかせながら、

「ほんまに自分がしたいと思う陶芸すればええねん。今みたいな、売れ線ばかりのファッション陶芸やなく、こいつはほんまは中身がおっさんやねん。渋好みのおっさん。それなのに父親への反発からかそういうものには手を出しよらん。そもそも父親に逆らって芸大には入らんで、でも結局は陶芸家になって、まあ最近はしばらく和解しとったかと思いきや、いつまでも恨みは深い。それで自分が遠回りしてるだけ。だからそんな余計な感情なんか捨てて、もう自分の本性とかＤＮＡとかに忠実な作品をやな、作りゃあいいねんて」

「巴ちゃん反論は？」

「反論っていうか、作っています、私はそういう本格派のも、もちろん作ってます。でも、それがメインになっちゃうと、ぶれるでしょ？　作家性というか傾向が。お客様にもショップの方にも無用な混乱与えちゃうだけだし、それにちょっと待って。なんか今の私の方向性と、私の本来したいこととがいかにも違うふうに、無理やり話持ってかれちゃってるけど、違う違う、私の今していることも、私が好きでしていることです。ちょっと勝手に

人の気持ち決めないでよ。いつもそう、わかったふうに」

「わかってるよ」

「いいや、光介はそうして分析家を気取りたいだけなのよ。もういい加減にしたほうがいい。自分の身の丈をわきまえずに背伸びして、大学のときも、無頼派作家を気取ったり、悲劇のヒロインぶったり、そういうのって、ほんと恥ずかしいことなんだから」

「ヒロインって俺は男や」

「女々しい、って男にしか使わない形容詞なのよ。とにかくもう、無理して吠えなくていいから。二人の前だからって興奮しないの」

巴香は冷静さを取り戻したようだった。そうなると光介の熱も冷める。窓の外に顔を向ける。対面に座る純吾が「おいおい」とたしなめるが、わざとのように彼のタイミングは常に遅い。

平日正午近くの新幹線あさまのグリーン車。他に乗り合わせている客は多くない。

「悲劇のヒロイン気取り」

そう笑う珠希の膝を軽く揺すぶり、巴香が、

「珠希も思い出すでしょ、当時の光介の醜態に迷惑行為。ていうかいちばんの被害者よね、珠希が」

「私は面白かったけどね。よく笑った」

そして思い出したように珠希はそのまま、

「そんなことより今日これから会いに行く人って誰？」と訊いた。

光介は珠希を見る。

「誰って、だから俺らのサークルに入ってきた鈴田《すずた》さんって子の、妹さん。さっき写真も見せたやん」

雑誌社を通じて巴香宛に届いた鈴田涼子《りょうこ》の手紙だったが、今日のための彼女との打ち合わせを、巴香は光介に任せていた。初めて会う涼子の顔写真を光介は、メールで送ってもらっていた。

「写真はその妹のでしょ？　そうじゃなくて姉のほうの話。顔、似てる？」

「さあどうなんやろ。正直覚えてへん。まあその妹さんぐらいに美人やったら覚えてるはずなんやけど」

「最低」

「じゃあエピソードとかは？　もっと具体的に」

問われて光介は、隣の巴香と顔を見合わせる。

「それもあんまり、ていうかほとんど記憶ない」

「私も全然」

「純吾、おまえは？」

「覚えてるよ。俺らが四年のときに、一年生としてサークルに入ってきた。旅行も一緒に行ったじゃん」

巴香と光介は記憶をたぐる。

「それで？」

純吾が横の珠希に答える。

「その妹さんが手紙にも書いてたように、俺たちのこと、慕ってたと思うよ」

「慕う？　私たちの誰を？」

「別に誰ってことじゃなく、俺たちみんな？　四人全体のこと」

「旅行ってそんときも軽井沢に？」

「いや、そんな記憶はない。鈴田さんが別荘持ってるなんてのも今回初めて知った。学生のとき行ったのは、例の、沖縄とかグアムとか」

八重歯を見せて冷笑する光介。

「考えたら全然陶芸関係ないやん、陶芸サークルなのに」

巴香の反論は早い。

「沖縄は陶芸関係あるよ、大いに。やちむん、ってね、壺屋焼《つぼややき》。あとそれに京都行ったし、韓国にも行った」

「でも窯元《かまもと》とかは行けへんかったよなあ」

「それ提案してたら絶対、当時のみんな反対してた」

「海外旅行にもその子来てた？」

純吾が珠希のその問いに答えようとする前に、巴香がこう言う。

「鈴田さんて子より私、池田君っていう男の子のほうが印象ある」

「ああ」と光介。

「ね？　あっちのほうがよっぽど自殺しそう。池田君って今どうしてんの？」

「なんかどっかの大学院進んだんちゃう？　知らんけど」

純吾が珠希に「鈴田さんが海外まで来たってことはないね、そういえば」と答える。

「沖縄だけかな、来たのは」

続けて巴香が純吾に訊く。

「鈴田さんってそんな、思い詰めそうな子だった？」

「そこはよくわかんないけど、カトリーヌ・アルレーやポール・アルテを原書で読みたくて仏文を選んだような、面白い子で」

る。

「ああ、あれか！」光介が高い声を出す。巴香はうるさそうに耳を指でふさぐポーズをする。

「あの、ドグラ・マグラ好きの子か。ああ、あれがそうやったか。あの、インストラクターが着るような、スクール水着みたいなもん着てた女の子か。わかったわかった。そら印象薄いはずやわ」

「夢野久作好きってのは、光介に話を合わせたところもあると思うよ」

その言葉を聞いてなかったふうに、かき消すようにして巴香が光介に、

「ドグラ・マグラが好きだなんて変わった趣味なのに、印象薄いの？」

純吾は小さく首をかしげる。別に変わった趣味ではないだろう、と思ったから。

光介が巴香に答える。

「なんて言うんやろ、キャラがない？　地味な女の子キャラ、っていうもんすらなくて、思い出そうっていう取っかかりの印象がもう、すぐ溶けていってまうような」

「わかるようなわかんないような」

「というかそっか、あの子が自殺したんか」

「よくそんな適当なんで、のこのこ軽井沢まで来る気になったね」

「珠ちゃんだって同じやん」

「すんまへんなあ」目を細くして珠希は、手をひらひらとさせる。光介相手だとたまに彼女は誇張した関西弁を使いたがる。「純の行くところにウチは行くんやでぇ」

「俺は、まあ、鈴田さんの名前を聞いて懐かしかったし、やっぱり自殺したってのが」

「自殺したって聞いたら、そりゃあ無視できんわなあ」

「ま、どっちにしろ」巴香が言う。「こうして四人で泊まりの旅行ってのが久し振りよね」

「そうだな」

「そんなぼんやりした理由で訳もわかんない人の家に泊まりに行くって」

「確かに不吉な予感しかせえへんかもな。これこそミステリーの始まりかもしれん。その妹さんが何かしらの恨み持っててやな、お姉ちゃんの自殺の理由が俺たち四人の誰かにあって」

「笑えない」

新幹線はそうして高崎駅を出た。次の軽井沢駅まではすぐだ。

「光介も巴香も頼むから」鞄を下ろして純吾は言う。「その鈴田さんの前で、いつもの醜い夫婦喧嘩するなよ。手紙の内容信じるならその子は俺たちに、幻想抱いてんだから。俺たちは招かれた側なんだから」

「幻想は打ち砕かれるためにあるんよ」光介は巴香に彼女のぶんの乗車券を渡す。「それに俺たちのこれはそんな、夫婦喧嘩とちゃう。夫婦によくあるコミュニケーションや。なあ?」

「そうよ。勢い余って刺し殺しても、それは愛情あってのこと」

「そゆこと。でもいずれにせよ、これおもろいかもなあ。一方で復讐の女殺人鬼が待ち構えとって、もう一方でお互いの命を狙う夫婦がそこに行く。まったく違う動機とテイストの殺人事件が同時進行するってのも、おもろいかもしれん。アイディアとして、どや?いいよなあ?」

「そんなミステリ小説、いくらでもあるさ」


駅で待っていた鈴田涼子を見て光介は、隣の巴香に「実際のほうが美人さんやんか」と囁いていたが、これは巴香も認めるところだった。清楚《せいそ》ぶって計算高そう、とは警戒したが、しかし今回の旅行の巴香における心がけの一つは、嫉妬と誤解されるわずかな表情や態度も光介には見せない、ということだったから、とにかく無表情に、うつむき加減で黙っていた。

初夏の軽井沢は日差しが柔らかい。湿気なく、今日は風がなかったがそうでなければ肌寒いほどだったかもしれない。

涼子の運転してきたホンダ・シャトルの白い車体に乗り込む。体格のいい純吾が助手席に、他三人が後部座席に巴香を真ん中にして座る。

乗り込む前に光介が、

「疲れたら運転代わるから」と言っていたが、

「でもおまえ道知らないだろ」という当然の指摘を、巴香は純吾に任せる。黙っている。

午後の早い時間帯に集合していたのは、前もって光介が涼子にメールで「バーベキューなんてつまんないよ。料理は俺が作るから。任せて」と強く主張していたからで、だから涼子の別荘に向かう前に、駅からいったん南のほうに向かってそこのスーパーで買い出しを済ませる。すうっと寝息を立てている珠希は車中にそのまま、そして巴香が別荘に着くまでに発した唯一の言葉が、

「いや私は行かない、私も寝る」

しかし彼女はワゴンのなかで一睡もできないで、皆の買い出し中は退屈しきり、運転中は寝ているふりをするために目を閉じて景色も見られなかった。

涼子の別荘をじかに見て巴香は、普通の家じゃん、との嘲《あざけ》りの気持ちに安心していた。

和洋折衷の二階建てのたたずまいで、こんなどこにでもある家屋に別荘たる意味は

あるのか、と言いたい。しかし彼女は自重する。

ところが光介が涼子に言っていた。皆に聞こえるよう、

「うちの嫁さんが来るときに、北軽井沢のこんな僻地にって毒づいてたけど、いやなかなか、手つかずの自然がいい雰囲気やね」

巴香は短髪の頭を抱える。

「そんなこと言ってないし。ちょっとやめてよ」

これは巴香の失点だった。実際に言っていたし、純吾と珠希が証人だ。

「ほんまに言ってたことやんか。なんも隠さんでも」

とっさに嘘をついた自分の性分に腹立ちながら、光介への憎しみも増幅されて、

「黙らせたい、永遠に」と巴香は呟いていた。

うんざりしたように純吾は息を吐く。先を行く涼子は聞こえてないふう。

光介が珠希に小走りで駆け寄って、

「珠ちゃん、俺やっぱり今夜殺されてまうってよ」

「じゃあ今夜は熟睡できまへんなあ、旦那はん」

珠希は自分の首を絞めて窒息死するポーズをする。

それぞれの組にあてがわれた二階の部屋に荷物を置いた。部屋の清掃とベッドメイキングの行き届いていることを巴香は認めた。光介は早速キッチンを涼子に案内してもらう。純吾にも付き合わせる。ワゴンのなかでずっと寝ていたにもかかわらず、まだ眠たいという珠希はそのまま、あてがわれた部屋で横になる。となれば巴香もそのまま二階の部屋に残ると言っていた。

広いキッチンだった。充実した調理器具の多さに光介は驚く。

「光介さんは料理好きなんですね」

「好きというか勉強しとったからね。料理学校とかに通って」

「すごい、本格的ですね」

買った食材を並べながら純吾は、ダイニングに続くリビングのほうをぼんやり見ていた。ソファがあり、籐《とう》の椅子が二脚、窓の外を向いている。動いている壁掛け時計に、使えるかどうかわからない電気式暖炉。古い陳列棚。そういえばここには家族写真が一枚も飾られてない。

イタリアンにすることを光介は決めていて、そうしたからにはイタリア料理しか彼はテーブルに並べたくなかった。しかし涼子は涼子で、出したい料理があるという。その二品のうち一品はもう作り置いているし、もう一品のほうもほとんど下拵《したごしら》えは済んでいるという。ならば、それはもう仕方ない。だがとりあえずは光介が先導する。

「ちょっと早いかも知れんけど、ぼちぼち作りはじめよっか」

サラダ用とソース用それぞれのトマトの切り方を、光介は涼子に指示する。力仕事担当の純吾には鍋二つにお湯を沸かさせ、次に、にんにくをいくつか潰させる。セロリも叩いて柔らかくしてから切る。光介はカルパッチョのため、すずきを薄切りにしてゆく。一切れごとに皿へ並べる。

手を動かしながらでも光介は冗舌だ。

「ここだけの話やけどな、涼子ちゃん」

「はい」

「俺がなんで主夫業なんかを大真面目にやってんのか、やろうと志したんか、そのほんまのところを教えてあげよっか?」

純吾が光介に視線を投げかけた。それを一瞬見て光介も、繰り広げようとした巴香批判を控える。

「まあどう頑張ったって何やったって、嫁さんより俺のほうが収入少ないし、社会貢献度も敵わんやろうし、だいたい性格的に社会性に乏しい。俺はな、駄目やねん、集団生活ってやつが」

「それは私もそうですよ」

「あと俺は俺に男らしさを求められても困る」

「私もそう、女らしさって何よ、って思います」

「俺もそう」と純吾が言って、

「嘘つけ」と光介が言下に否定する。「このマッチョ怪人が、腕太いねん、首太いねん、大胸筋動かせるくせに何言うとんねん」

畳みかけられて純吾は顔を赤らめる。彼は、ワンサイズ上の白シャツを着ていたが、それは自身の筋肉質を隠したいからだった。

「怪人って」涼子が慎ましやかに、でもおかしげに。

「ごめんごめん純吾、冗談やって。おまえの乙女な繊細さは、俺らもわかってるから」

声は出さずに微笑む涼子に対し、

「涼子ちゃん、こいつは見た目のまんま、根は優しくて力持ち、やねんけど、でもここにこの男の多重人格性がまたあってやな、騙《だま》されたらあかんのは、こいつ、こう見えて元走り屋やから」

「え？」

「違うから、違う」

「絵を描くのがめっちゃ上手くてしかも、こう見えて、いわさきちひろタッチやから」

「それは、まあ」

「じゃあ水彩画を？」

「いや、ほとんど鉛筆で。たまにクレパスで。ていうかそうじゃなくて俺は別に、走り屋とかそういう大げさなもんじゃない。ただのバイク好きな高校生だったってだけ」

「ほら、すぐにそうやって事実をねじ曲げる。珠ちゃんにしてもおまえにしても、どうしてこのカップルはヤンキー呼ばわりされんのを、そない極端に嫌がるかなあ」

「だって事実じゃないから」

「ごめんなさい、驚いといてあれですけど、走り屋って具体的になんですか？」

「一人でする暴走族よ」光介が答える。

「なんだよそれ」

「バイクがお好きだったんですか？」

「うん、それは、はい」

「まあ俺が代わりにこいつの個人史、紹介したるわ」光介は言いながら、皿から離れて、すずきの切り身の並びを俯瞰《ふかん》する。「この純吾君は、群馬トップクラスの進学校に通いながら、男子校やな、自由な校風で、あと両親もこの一人っ子を信頼しすぎてだから羽目を外して、バイクに熱中する。走り屋になる」

「やだな、走り屋って呼ばれるの」

「でも事実やないか。おまえのレースに金賭《か》けられたりしたんやろ?」

「まあ」

「スピード狂みたいになって、コーナー攻めて、事故りそうになったことも一度や二度やないんやろ?」

「うん、まあ」

「立派な走り屋やないか」

光介は涼子に向かって、

「その当時の写真見してもらったことあんねんけど、見てくれはまあ普通やねん。髪も染めてへん。ていうか純吾おまえ、ずっと髪型一緒ちゃう?」

それに純吾が答えるより先に、涼子が彼に質問をする。

「どうしてバイクにそこまで、のめり込んだんですか?」

「ん?」と声を出してからしばらく考えるふうで、やがて玉ねぎを手に取ってから「まあ田舎だから他にすることもなくて」

その答えを聞いて涼子はしばらく黙っていた。「トマト、全部切り終わりました。プチトマトも」と光介に向かって言って、そうして純吾に問う。

「スピード狂、っていうのも誇張ですか？」

「え？　んん、いやまあ、だいたい正解」

「反抗期とか？」

「いや、親も学校も全然嫌いじゃなかった」

「じゃあ、なんなんでしょう？　自殺願望、とか？」

急に冗舌となり、遠慮のなくなった涼子を目にして、光介はトマトの皿を手にしたままちょっと止まる。だが、これも自分たちに馴染《なじ》んできた証拠、と思い直し、

「ええぞ、涼子ちゃん。もっと根掘り葉掘り訊いたれ」と囃《はや》す。

しかし純吾が神妙な顔つきと声音で次のように言ったから、光介も自分の軽薄さを呪う。

「お姉さんのこと思い出させたのだったら、ごめん」

「え？」涼子は目を丸くする。そして、声を上げて楽しそうに笑った。「いやいや、ないですないです。そんな連想なんてしませんでしたし、仮に、したとしても私はそんなナイーブじゃない、です」

「そう、ならよかった」

純吾は玉ねぎをみじん切りにしてゆく。涼子も玉ねぎを取る。彼女は薄切りにする。

「でもじゃあやっぱり自殺願望ですか？」

「ただの自暴自棄」

「どうしてです？」

「若さ？　もともとの性格？」

「そんなふうには見えませんけど」

「それが俺の多重人格性」

ははは、と光介が笑う。「そやで涼子ちゃん。こいつな、こう見えても」と言いかけたところで彼は表情を凍らせる。「涼子ちゃん何泣いてんの？」

「あ、いや」涼子は泣き笑いながら手を振る。

「ああ玉ねぎか、びっくりしたあ」

「純吾さんは平気なんですね」

「俺はコンタクトしてるから」

「包丁冷やしてから切ればええねんて。先に言っときゃよかったな」

「いや私も普段はこんなこと、ここまではないんですけど」

「そういえば、お姉さんとは五歳違いだっけ？」純吾が涼子に訊く。

「あ、そうです」ティッシュで涙を拭きながら。

「じゃあ俺らとは八つ違うのか」

しかしそれで純吾がそこから話を広げるのでもなかった。光介に、

「この野菜切り終えたら次は？」と訊く。

「チキンの下処理頼むわ。方法、わかってるよな」

「わかってる。皮は剝《は》いで余計な脂は取る。今回は叩く？」

「叩く、軽くね。あと味付けもよろしく。俺はおまえの塩こしょう加減については絶大なる信頼を置いてるから」

何を大げさな、と純吾は薄く笑った。

「あ、涼子ちゃん。そのオクラとベビーコーンはもっと小さく切ってな。うんそう、もうちょっと小さくてもええよ」

「はい」

「と、その前に」光介は端に置いていた紙袋に手を伸ばす。八重歯を見せ、悪戯《いたずら》めいた表情で「このワイン、三人で飲まへんか？　先に」

料理のために買ったチリワインだが、初めからこれを光介はキッチンで飲みほすつもりでいた。

「いいよ」と純吾。涼子も小さくうなずく。彼女が棚からグラスを三つ出す。

「乾杯」三人はグラスを宙に掲げた。

ぱっちり目が覚めた珠希はまっすぐ鞄に向かい、水色のニット帽を取り出してそれを被る。スタジャンに袖を通す。鏡を見、目をこする。

巴香の部屋に行った。巴香はベッドの上で、壁にもたれて枕を抱いた格好で寝入っていた。開いていたドアを珠希がノックすると、巴香は飛び跳ねるようにして起きる。その大きな反応を特に面白がらず、珠希はただ、

「巴ちゃん、ちょっと散歩しない？」

キッチンには声をかけずに出てきていた。二人は目的なく歩く。

目印のような祠《ほこら》の建っていた脇道に入り、思いがけずそこが開けた道に通じていたからそのまま進むが、ゆるい坂のままどこかに抜けそうでありながら、どこに着くのか先は見えない。山道そのもの、という趣の整備されてない一本道。幅は広い。雑木林が天に高く、枝葉を交わせて絡んで、日光を遮る。カラマツ、モミの木、シラカバと、木々のトンネルのよう。キジバトがうるさい。

スタジャンの袖のなかに手を引っ込めて、袖先を遊ばせている珠希は、寝起きの常のよ

うに言葉少なく、それで巴香が一方的に話すのだが、相手の珠希が静かだからしょうがないというニュアンスも口吻《こうふん》のなかに含めたい。それは第三者がいなくてもそうだ。

「光介って若い女の子がいると、すぐ鼻の下を伸ばすのよね」

と巴香は、そんなこと絶対に言いたくなかったはずなのに口にしてしまっていた。それは、あまり喋ってくれない珠希のせいでもあるし、とにかく歯がゆい。これはおのろけか、のろけならのろけで、別にいいような気もするけれど、しかし珠希の反応が薄い。気乗りする話題とそうでないときの温度差が激しいというのも、そのわかりやすさが恨めしい。

「感謝の言葉って、しょっちゅう伝えとかないといけないんだろうか。私が感謝してんのは、いちいち言わなくてもわかるだろうに、なんでちょっとずつの心の負担を毎日のように強いてくんの？　日々の生活のなかでちょっとずつ私を削ってくる。なんで、どうして？」

これも違った。光介はそんなこと強いてきてない。勝手な拡大解釈。しかし一面の真実。しかし、やっぱり珠希の反応はなかった。

珠希は細長い木の枝を見つけて拾って、それを振っている。

巴香は矛先を変える。

「珠希さあ、あの女のこと、どう思う？」

「誰？」

「あの涼子って子に決まってんじゃん。正直言って、好き？　嫌い？」

「まあ面白いよねえ、正体不明で何企んでるかわかんなくて」

「そうそう、なんか腹黒いって感じよね」

言っている意味は食い違っていたが、珠希は訂正しない。枝を振る。

道はやがて細い丁字路に突き当たった。左右どちらに進んでもまた道は折れていてしかも先細りで険しさを増すばかり。

突き当たったそこには、どう見たって無人の山荘があった。荒廃が進み、囲む野草は腰のあたりまでの高さだ。珠希は雑草に隠れた細い道を見つけた。

「二択」指を二本立てる。「あの家を探検するか、もう帰るか」

「帰るの一択でしょ！」

珠希は振っていた枝を後ろに投げ捨てる。別にどちらでもいいふう。来た道を引き返す。

巴香は腕時計を見た。この木々のトンネルのなかはまだ明るい。

「巴ちゃん」

「何？」

「今更だけど日傘差したほうがいいよ」

「あそう？」日陰でも降り注ぐ紫外線のことを言っているのかと思って。しかし、

「今、肩のすぐそばに毛虫が落ちてきた」

はっ、と息を呑む巴香を珠希は、ふふと笑う。でも嘘を言ったのでもないようだ。巴香は日傘を広げる。巴香は日傘をよく持ち歩く。それは母の形見のものだ。古びないそのデザインと耐久性は、とても気に入っている。珠希はそもそも手ぶらである。

しばらく歩いているうちに巴香は、黙っていると光介のことをどうしようもなく考えてしまってうっとうしく、また光介とのいろいろなことを話しても大して同調も反発もしてくれない珠希をとにかく揺さぶりたく、

「珠希、純君とは結婚とか考えてないの？」と訊く。

「結婚するよ」

「えっ？」

笑う珠希。

「え、今、するって言った？」

「するって言った」うなずく珠希。

「なんで？　どういう心境の変化？　ていうかこれまでと言ってることが」

巴香が次の句を継がないのを見計らって珠希は、

「妊娠した」

「嘘？」

「ほんと」

いよいよ言葉を失う巴香。歩みまで止めてしまう。やがて、慌てたふうに無理に珠希の首に腕を巻いて抱き寄せる。身長差があるから巴香が腰を少し落とす。

「よかったよかった。まさかねえ」

抱きしめられ、息をするため巴香の肩から顔を出す珠希。

巴香が「よかったよかった」と珠希の背中を軽く叩く。

ふう、と息を吐き、身体を離した。

「何か月目？」巴香は目線を下げている。

「安定期に入った。お腹はまだ出てない」

「おめでとう」

「ありがと」

「よかったよかった」

顔を上げない巴香。短い黒髪が垂れて表情を覆う。わずかに身体を揺らしている。

「巴ちゃん」

「何？」それでも顔を上げない。ゆらりゆらりしている。

「私たち親友じゃない」

巴香がぴたりと止まる。

二人は高校一年のときからの仲だ。父親への反発から、美術大学ではなく一般の四年制大学に進むことを巴香が決めたとき、それは珠希と同じ大学、同じ学部を選ぶことを同時に意味していた。

「私は巴ちゃんのこと、だいたいはわかってるつもりだし、不妊治療のつらさも聞いてちゃんと心に留めてるから。聞いてなかったふりなんかしないから。だから言っていい、言いたいこと、ここなら他に誰もいないし、思いきり吐き出しちゃえばいいから」

頭を上げないままの巴香の首のうしろを、珠希は手でさする。

「ちくしょう、って叫べばいい。昔よくそう言ってたじゃん。学校の裏階段のところでさ。あれ好きだったのに私」

間を置かず、ぐっと腰を曲げて巴香は、

「ちくしょう！」と地面に向かって叫んでいた。「ちくしょう、なんで、ちくしょう！なんで私ばっかり、なんで私！　だけ！　うまくいかないの、いっつも！　うらやましい、うらやましい！　あんただけいっつもうまくやるの、いっつもうまくやって、ずるい！

たまには分けろ、その幸運。ちくしょう！」

それで「ああ、ああ、あああ！」と言葉にならない喘ぎばかりになって、珠希はその首筋と背中をさすってやる。巴香はやがて落ち着いてくる。

「どうどう、どうどう」と珠希が言うから巴香も身体を起こして髪を振り上げて「私は馬か」と、はん、と珠希に微笑みかけた。

「ポニー、ポニー」

「誰がやねん、誰が足短いの」

「お、関西芸人」

二人して笑う。

「ああもう、あいつの関西弁だけは移りたくないのに」

そして巴香は珠希の顔を改めて見て、少し視線を上げ、

「珠希、頭に毛虫が乗ってる」

微笑みながら珠希は、ゆっくりと大きなモーションでニット帽の頭頂部に手をやる。帽子を潰して何もないことを確認する。「帰ろう、お腹すいた」

並んで歩く。

山ウグイスがほんの近くで鳴いている。

「じゃあ今日は飲めないんだ？」

「そう」

「残念。じゃ、珠希のぶんも飲んであげるから」

「そうして、いろんな感情込めて」

「そうね。あ、でも、もちろん祝福の気持ちがないわけじゃないのよ、もちろん」

「わかってる。愛してるよ巴ちゃん」

「ああ、光介のことなんかよりよっぽど深く愛してるわ、珠希」

しばらく歩いて、

「巴ちゃん」

「何？」

「さっきの、あんただけいっつもうまくやる、って何？　いっつもって？」

「いや」額に手をあて苦笑する巴香。

「他のどれのこと言ってんの？　わかんない。あの英語の先生のこと？　名前忘れたけど。それとも牧原君のこと？　あ、光ちゃんのことか、あ、いやそれとも純？」

「それはない、それはない。言葉のあやよ、言葉の」

また歩を進めて、しかしすぐに止まって巴香の顔を覗き、

「いっつも?」

「もう勘弁して」


珠希と巴香の戻ってきたのを窓の向こうに見つけて、光介が庭に出てくる。

「おうおう、やっと戻ってきたか。いつ帰ってくるかと思ったわ。もう料理並べてええか?」

「うん、お腹すいた」巴香が先ほどの珠希の台詞をなぞる。

庭では純吾がテーブルを拭いていた。

「そういえばさっき、巴ちゃんが面白いことになってて」

何を言い出すつもりなのかと目を剝《む》く巴香。

珠希は続けて、

「山道の端を歩いてて盛大にすっ転びかけて、傘使ってなんとか持ちこたえた巴ちゃんが死にそうな顔で私に、足元気をつけてね、って」

そして一人で笑う。光介にしても、うまく一緒に笑えない。

「肉焼くし、パスタ茹でてくるわ」

巴香が光介の背中に「パスタ、何?」と投げかける。

「からすみ、売っとったからそれで。もうすぐに用意できるわ」

テーブルには先ほどスーパーで手土産として買ったワインが三本。グラスもある。しかしそれしかない。

「珠希、何飲む？　なんか持ってくるよ」

「水でいい」

濡れ縁に立つに、ちょうど両手に二つの籠《かご》、フォカッチャの入った籠とフォーク類の入った籠を運ぼうとしている涼子がいた。両手のふさがっている彼女を通すため引き戸を開けてあげた、という格好になる。

「あ、ありがとうございます」

思わず小さくうなずき返していた巴香。何をしてるんだ私は、とショートボブの黒髪を振り、キッチンに向かう。冷蔵庫を開け、大きさに比べて当然ながら中身のほとんどないそこからミネラルウォーターのペットボトルを取る。勢いよく冷蔵庫を閉めたときの音に顔を上げた光介と目が合った。彼はチーズおろしを手に、からすみをすりおろしていた。そのわきを通って珠希のためのグラスを取ろうとする巴香に向かって光介は、

「何をごちゃごちゃしてんねん。なんも言わんと出かけてるし、こっちにも段取りってもんがあんねん、勝手やなあ」

「それ珠希にも言ったら？」

「ていうか涼子ちゃんを手伝えよ」

さっき私はあの子のために戸を開けてあげました、というようなことを巴香は口走りそうになり、それは踏みとどまったが、彼女を手伝わなくていい勇気をいよいよ得た気分でいた。

巴香は、純吾と涼子の二人の戻らないうちには何も語りたくない。といって水だけ持って早々にこのキッチンを離れる気にもなれず、ただ待っていた。

純吾が二階から降りてきた。

涼子も戻ってきた。

それで巴香は声を張る。

「あんたまた無駄に料理に凝ったのね。涼子ちゃん、今のうちに考えといてよ褒め言葉。おざなりなものだったらこの人、途端に機嫌悪くするから」

「誰がやねん」光介は、からすみをすりおろす手を止める。

「こうなってくると、喜ばせてあげたいっていう自然な感情だけじゃないよねえ」

光介は巴香をちらっと睨む。巴香はひるまない。おろし器に付いていたからすみを受け皿に落としてから光介は、すでに湯の沸いているパスタ鍋に塩を入れる。スパゲッティを茄ではじめる。涼子が、彼女自身の作った二品を運ぼうと手に取った。その動きに敏感に光介は鋭く目をやる。純吾が、これは光介の作ったチキンソテー、アスパラガス添えにトマトソースがけのそれを運ぶ。右手に三皿、左手に二皿と器用に持つ。

「すみません、このトレイ使ってください」

「いいさ、それ鈴田さんが使って」

「あ、ごめん涼子ちゃん」巴香が呼び止める。「この水、ついでに珠希に持っていってあげて」

引き戸は開け放していた。先を行く純吾の肩越しに涼子は、庭のテーブルに一人座っている珠希を遠景に見る。寂しそうとも手持ち無沙汰な感じとも見えない。

純吾と涼子が二人して皿やフォーク類を並べているさなか、珠希が、

「純、これ部屋に戻しといて」とニット帽を脱ぐ。

「置いといたら？　また被りたくなるかも」

「いや、邪魔。戻してほしい」ニット帽を彼に渡し、金色に近い髪をくしゃくしゃとする。

小走りで純吾は去った。食器並べはまだ済んでいない。涼子は一人でフォークとスプーンを各席に並べる。

視線は手元に集中していた涼子だったが、つい抗えず、今の珠希の表情を窺《うかが》った。ちら

りと見て思わず苦笑いする。珠希は、涼子の持ってきた涼子の手料理である、じゃがいもといんげんの甘辛煮をスプーンですくって食べていた。皆を待つことをまったく顧慮しないふうで、スタジャンの袖をまくり、いかにも素直な無心の頬張りだった。フォカッチャを口にする。見た目にもふわふわ柔らかく白いそれは、有名店に寄って買ったものだが満足とも不満とも珠希の表情からは読み取れない。ただ勢いよく食べている。涼子は、自分の作ったもう一つのほうの冷製ロールキャベツまで彼女が手をつけるか見届けたかったがそうもいかず、配膳を終えるとそこを後にした。

同じころキッチンでは、その涼子の勝手に作った手料理に光介が文句をぼそぼそ呟いていた。なんで余計なもん作るかなあ、味の統一も美観も損なわれんのに、軽井沢のおいしい野菜か、別荘でも地元愛か。

「結局、我の強い女やったわ」

「我が強かったんだ?」

そう巴香が、なんだか嬉しそうに声をかけてくるから、光介は顔を上げた。なんでこいつはいつまでもここにいるんやろ、と思いつつ、

「ああ、やんわり、やけどわりと強めに、俺に任せてって言ったつもりなんやけど、それも前々から、電話で、日程打ち合わせのときにやな。でも全然聞かへん。それで作ったの

があんな、おふくろ料理って」

巴香は、コルクの抜かれてあるチリワインの瓶を取り、光介が使っていたグラスを自分に寄せ、傾ける。残っていたすべてをグラスいっぱいに注ぐ。ゆっくり口元まで持ち上げて飲む。半分近くまで飲んでから、息を吐き、

「そういうちぐはぐさって、この家の趣味と一緒よね」グラスを置く。

「は?」

「気づかなかった? ここのキッチンの広さ、豪華さ、調理器具の、他の部屋の家具とか電化製品に比べての妙な新しさ、無駄な充実っぷり」

「そんぐらい気づいてたけど、で?」

「これはねえ、きっと、父親か母親どちらかの、たぶん父親のほうだけど、その強引なエゴで無理やりお金かけて作って、でも完成したところでそこに家族団欒《だんらん》はなし、って感じよ」

巴香はそして、ぶら下がっているフライパンの一つを、こんと爪弾く。その響きから光介は、意外に痛かったやろアホが、と思い、鼻息を吹く。

「そこまで言うか」と光介。

「だってこの家、全然生活感ない」

「別荘やし」

「それにしてもよ」

「言いがかりやろ」

「違う。光介だって、我の強い女って言ってたじゃん。あれはさ、危ない女だから」

「危ない？」

「私たちはそう思ってる。きっと家庭環境のせい。姉は自殺してるし。だから光介も取り込まれないよう、あんまり鼻の下伸ばさないで」

またいつもの巴香だ、と光介は思う。いつものやり方、敵味方に分けて仲間外れを作りたがる。夫婦でいがみ合ったあとに歩み寄ってくれる積極性、そのこだわりのなさは正直ありがたい、が、第三者を偏見たっぷりに踏みつけることでこちらの結び目を固くしようっていうなら、それは自分たちの価値を下げることにしかならない。ていうか、私たち？　珠ちゃんまで勝手に引き込むなや。

巴香はまたワインをたっぷりと飲む。そのわりに、おいしくない、と呟く。光介には好きな味のコノスルだった。

「ねえところでさあ、あの子のお姉さんの自殺した理由、訊いた？」

「は？　いや、訊けるかいな、そんなこと」

「なんでよ、そういうときこそ関西弁の本領発揮でしょ」

「どういう認識やねん、関西人に」光介はその偏見にちょっと笑った。

「じゃあ、あの子のこと、他に何訊いたのよ」

「それは自分で本人に直接訊いたら?」

わざと大きめの声を出したのは、涼子の戻ってくる気配を光介は感じ取ったから。それに巴香は気づいてないふうだったから。

すっと涼子の入ってくるのを巴香も認める。グラスを下に置く。

社交の笑みを巴香は投げかける。

「ごめんね、私たち勝手に自由行動してて。挨拶もそこそこで涼子ちゃんとの話もまだまともにしてないから、まあそれはお食事しながらでも、みんなで一緒に」

「はい」

涼子は待っている。純吾も来る。巴香が歩き出そうとしたとき、キッチンタイマーが五分経過を知らせた。茹で上がったスパゲッティを光介がフライパンに入れる。あらかじめ作っていたペペロンチーノソースを混ぜる。トングでよくよく混ぜながら次の二人分を茹ではじめる。タイマーを再セットし、鍋に塩を少し足す。その動きを巴香は苦笑しながら眺めていた。光介は、三人分のほうを皿によそう。一人前が小ぶりだが、トングで麺を巻いて、うずたかく盛る。

「ここ、よく見てあげて。ほらほら、綺麗に山型に巻き上げてゆくじゃん。光介もここ注目されんのが気持ちいいんだからね」と茶化す巴香。「あと盛り付けたあとの皿の周りを拭く仕草ね。そのときの手つきと腰つき見てあげてね」

唐辛子の赤とバジリコの葉の緑、色どりのためでもあれば食感のためでもあるオクラとベビーコーンは涼子に注意してずっと小さく切らせたものだ。そこに仕上げとして黄金色のからすみが振りかけられる。光介の横顔は、集中して真剣そのものだ。

涼子が言う。

「私のお姉ちゃんがなんで自殺したのか、それは私にもほんとにわからないんです」

他の三人がいっせいに彼女を見る。光介も手を止めた。

「お手紙にもちょっと書きましたけど、お姉ちゃんの死んだあと、私はその姉の日記を見つけて、それで読んじゃったんですね。ほんとはよくないことですけどでもお姉ちゃん、私が幼いときは母親代わりみたいなところもあって、というのも私の両親は喧嘩ばっかりの本当に血の通わないクソッタレ夫婦で、だから姉だけが本当の私の肉親みたいなところがあったのに、なのに家を出て行ってからもうまるで赤の他人みたいになって、それで何の前触れもなく死んじゃった。手首切って、夫が出張中に。で、日記読んだら私のことなんか全然触れてない。ていうかほとんどが箇条書きの淡々とした備忘録みたいなもので、でも、大学に入ってから卒業するまでの記述は、まったく違って生き生きとしてました。皆さんのことが本当によく、鮮やかに描写されていてそこだけが異質で、だから知りたかった。皆さんに直接お会いして、あの姉がどうしてそんなにみなさんに惹きつけられたのか、彼女の人生にそのときだけいったい何が起こってたのか」

巴香が涼子のほうに動く。すれ違いざまに涼子の肩に手を置いて、

「私んとこもね、お母さんを早くに亡くしてからはもう最悪の、クソッタレの父親のもとで完全支配された苦痛の日々で、だから涼子ちゃんの言ってることは、ある程度はわかるよ。どうしてクソジジイってのは、回復することのない不治のクソジジイなんでしょうね？」

その言いぐさに、涼子はちょっと笑う。

「まあまあ」巴香は涼子の肩をポンポンと叩き「その話は食事しながらじっくり聞こう。ね」

そう言い残してから巴香は庭のほうに足早に行く。

光介にはわかっていた。あれは珠ちゃんに報告をしに急ぐ後ろ姿だ。

食事中は皆が静かだった。

長方形の木製テーブルの短辺に一人涼子が座り、他の二組は長辺に向かい合っている。家からの灯りと、テーブルの上のランタンに照らされ、闇の深い山林が背後にある。

山林側を背にして座るのは珠希と純吾で、その珠希は早くに食べて早くに満たされていた。ペペロンチーノもチキンも食べきらなかった。今は椅子に膝立てて体育座りとなり、その膝の上に小皿と一片だけ載せられたフォカッチャがあるだけ。

巴香もペペロンチーノを食べ残している。隣の光介にはそれが不満だ。どれも今日は会心の作だったはず、チキンのトマトソースにブラックオリーブを入れなかったのは悔やまれるがそれも塩分過多にならないよう女性陣のためにはちょうどいいと思っていたのに。

光介のそうした不満の視線がいよいようるさくなって、巴香は段階的に苛立ちを昂進させていた。辛口のソアヴェがよく進む。

「さ、涼子ちゃんのお話を聞こうか。まず今、何やってる子?」

この問いかけも、とげとげしくなってしまっていた。

「それは手紙に書いてたやん」

巴香は光介の言葉をまるで聞こえないふうで、上目遣いを固定したまま涼子の答えを待っている。

涼子は答える。

「大学卒業後に思い立って留学して、そこから帰ってきたばかりで、はい、イギリスから。で、何をしてるかっていうと、何もしてません。働いたり、はしてません。帰ってきたばかりっていっても、もう半年ぐらい経つんですけど」

「花嫁修業中？」と光介が訊いた。

「まあ、よく言えば」

「花嫁修業ってなんか反フェミな言葉よね」

「私だってそうよ、花嫁修業の身」と珠希。

「珠ちゃんは料理とか習ってんの？」

「全然」

「じゃあ修業って何？」

「エステとか行ってる」

「わお、強気。ところでそれは自分とこの会社の？　じゃあ、ゆくゆくは珠ちゃんも経営とかに関わんの？」

「私が？　いやいやそれは絶対にない。お父さんとかお姉ちゃんも、はっきり言って妖怪じみてんだもんみんな。ああは絶対なりたくない」

光介が高笑いして、それは周囲がびっくりするほどだった。

「ところで涼子さん、大学はどちら？」

「聞くなや、そんなの。デリカシーのない」

「いや、はい。皆さんと同じです。皆さんの後輩です」

「へえ」

「あ、そやそや。涼子ちゃんはそもそも結婚願望あんの？　若いのに」

「特にはないです」

「夢とか、なりたいものとかは？」と純吾。

「そういうの、見つけるのも留学の目的だったんですけど、特に何も」

「まあそんな焦んなくても、まだ若いんだし」と巴香。

「そういうわけにも」

「ま、ともかくやな、三者三様のマリー・アントワネットがここにはいるわけや。うちの大学ってそんな、金持ちの集まるような校風やったか？　むしろ逆やろ」

「私と巴ちゃんとは大学前からの友達だし」

「まあそこはそうやけど」

涼子がワインの追加を取りに立った。純吾が「一本や二本じゃ足りないだろ。このペースは」とそれについて行く。

二人が家に入りきるのを見届けて、巴香が口を開く。

「というか私、だんだん思い出してきた、お姉さんのほうの鈴田さん」

こめかみを指で揉み込むようにしている巴香に、それが別に頭痛があるからでもない単なる癖であることを知っている珠希は問う。

「どんな人？　私まだ全然思い出せない、存在すら」

問いながら珠希は、抱えた膝の上の、食べるつもりもないフォカッチャ一片の小皿の位置に執心《しゅうしん》しているふう。両膝のどこに置くか、バランスを調整している。

「雰囲気はなんとなく似てる。何考えてるかわからない感じ。自殺したってのも今考えれば納得できる、かも。よくわかんないけど」

「そうなの光ちゃん？」珠希は膝の小皿だけを見ながら。

「いや、俺は同意せえへんね。雰囲気なんか全然違うし、見た目も、涼子ちゃんのほうが圧倒的に美人さんやわ」

「美人とかそんなのどうでもいい」巴香も光介を見ずに手で払う仕草をする。

「どうでもよくはないやろ。雰囲気一緒って、そやったら涼子ちゃんも自殺するかもって？　ないない、あり得へんて」

「それで自殺の理由は？」膝の小皿に視線と手先を集中している珠希は、夜の深い林を背後にして、いよいよ念力でも使いそうだ。

「自殺って、涼子ちゃんのお姉ちゃんの？」

風はない。山林は、葉一枚もそよがせない。

「だからそれはさっき言ったじゃん珠希。あの子もそれは」

「そうじゃなくて本当の理由」

「ほんとの理由？　そんなん俺らがどうやって知んのよ。妹さんでもわからんことやのに」

「自分から死を選ぶってどうしても私には理解できない」珠希は飽きたのか小皿をテーブルに滑らせる。白いフォカッチャはそこから放り出された。

光介と巴香はお互いを見合う。

「そう言うたって、人それぞれの事情があるんやない？」

「あるよね、まあ、あるよ」珠希はあっさり認める。

「どないやねん」

「珠希はね、昔っから自殺する人間が嫌いよね」

「いや違う」

「あ、違ったそうじゃないね、自殺を変に賛美する人間が嫌いなのよね」

「いやまあそれはそうだけど」珠希は長い髪をくしゃくしゃとする。「そういうことじゃなく、誰かが自殺したって私はなんの迷惑も受けないし、人身事故で電車が止まったらタクシー乗ったらいいし、そんなのはどうでもよく、ただ単に私は不思議なのよ。理解ができない。その前にもっとできることはあるでしょって」

「そやけど、心の病にかかったりしたらそんな余裕は」

「できることいっぱいって、具体的に何?」巴香が訊く。

「ん、まあ整形とか?　何に悩んでたのか知らないけど、どうせ夫婦間の問題とか職場の人間関係とかそんなんでしょ?　見た目が変われば世界のほうもずいぶん変わるよ。ちょろいもんよ、世界なんて」

「そない簡単かいな」

「知らない」

「知らんのかい」

ふふ、と珠希は笑う。髪をかき上げる。耳と頬にかかる具合が気になるようだ。

「適当よねえいつもながら。でも実際、あの子のお姉さんが自殺した理由なんてそんなとこかもね」

珠希がそう言っているところに、引き戸を開く音がした。三人はそちらを向く。戻ってきたのは純吾一人だった。

大きめのショルダーバッグ、数本のワインが入る保冷バッグを持ってきていた。

「そんなんあるんやったら最初から」

「俺たちがどれだけ飲むのかわからなかったんだろ」

「まあ確かに俺らは飲みすぎるからなあ、俺を筆頭に」

「私は違う」

「そう、珠ちゃんは違うな。今日なんか全然飲んでへんし」

「妊娠したのよ」前髪をいじくりながら。

ははは、と光介は笑った。立ち上がり、純吾がテーブルに置いたバッグの中身を検分する。

純吾が珠希に視線を送るが、珠希はジェスチャーで大笑いを示す。

「光介、相変わらず大酒飲みか?」

巴香が、

「直接訊いてみたらどうやねん」

「私が?　無理無理」

「じゃあ私が訊いてあげる」

「そうよ聞いて、もう完全にキッチンドリンカーだから。この前なんて、そのままキッチンの床で寝てたんだから。あれ、いつか火事とかガス中毒とか起こすんじゃないの？」

「飲まなやってられん、っていう俺の気持ちのほうにこそ目を向けてほしいもんやね。ていうか巴香、おまえが俺を大のワイン党に調教したんやないか」

「量の問題」

「自分だって結構飲むで？　ろくろ回してるときとかは飲まんにしても、窯では飲んどるやん」

「あれは」

「なんや」

「焙《あぶ》りのときとかだし一晩中ってわけじゃないし、まあ一晩中のときもあるけど、ちびちびとそんなには、量は」

「量、飲んどるやないか」

「まあそうですけど、それはそれで、まあ許してよ」

「許すよ」光介は笑う。「俺は最初から許してる。ただ、そやったら俺のことも大目に見てやって話」

「でも光介のはひどい。死に至るペース。すごく心配」

巴香も光介の隣に立ち、求められてワイン一本一本の説明やら批評やらをする。だいたいの値段をそれぞれ答える。より値段の高いのを光介は選ぶ。

涼子が戻ってきた。サラミやら燻製《くんせい》ハムやらチーズやらが並んだ皿を銀プレートに載せて持って来ていた。

「もういいのに」巴香は涼子の肩に手をやる。「それにこんなの、いつの間に用意してたの？　昨日のうち？」

光介は眺めやる。自分の作った料理は、パスタもチキンも、すずきのカルパッチョも、すっかり乾いて残されていた。

コルクを開けた新たなワインが、皆に供される。

「ともかく学生時代の珠ちゃんは、特別やった」

「今は？」と珠希。

「今もそうよ、全然そやで。でも、この純吾みたいな、つまらん男に捕まりよって、しょうもない。でも、あんときの珠ちゃんは、まあ正真正銘のお姫様やったね。その残酷で冷たいところも含めて。ちょっとヤンキー入ってるのも愛嬌で」

「ヤンキーなんか入ってない」

「そうそう、いつもこれ言うと軽く膨れんのも、毎度のパターンでかわいいわあ。あと、珠姫《たまひめ》の大泣き、っていうのがあってやな、単位取れそうにないって教授相手に泣いたり、他にも、珠ちゃん、これ言うと本気で怒ったりする？」

「怒んないよ」

珠希の表情をしばらく窺うよう、光介は見つめる。

「まあこれはええわ。お姉さんの日記に載ってへんかな涼子ちゃん。まあええわ。ああそんでまた、俺みたいな男にも、ちょっとした優しさを、気まぐれみたいに見せてくれる、そういう絶妙に心得た施しがまた、たまらんポイントでもあるわけよ。うん、いい子やったよ、いい子やった、珠ちゃんは」

そう褒めあげられても珠希はつまらなそうだ。照れもしない。

「こんなかでいちばんの、ええとこの子っていったらそりゃ巴香なんやろうけど、歴史的な名家で実際巴香には気品があって、でもさばさばしてて、だからそういう巴香が俺は好きで今でもこうして一緒にいるわけやけど、でも珠ちゃんは、ちょっとちゃうわ」

「私は成り上がり一家の娘」

「そういうことやない、関係あらへん。しかしまあ、珠ちゃんの周りにはいろんな男がおったな確かに。しかも金持ってそうなのばっかりで、でも珠ちゃんはそういうのしてええねん。ひいき目かもしれんけど、白馬の王子様を待つにふさわしい、そんなメルヘンなこと言っていい、メルヘンチックなんが全然おかしくなく似合う、だからお姫様なんよ。それもいつも、ふてくされたような眠そうな、ぶすっとした顔して、男たちを従えてキャンパス歩いとったけど、まさかそれが純吾に落ち着くなんて夢にも思えへんかった。こいつもそんな気いなさそうにしといてずるいよなあ。でもま、まだまだなんやろ珠ちゃん？ まさかこんな甲斐性なしで、最終的に手を打つんやないやろな」

「甲斐性なしって」と巴香。

光介が立って珠希にワインを勧める。

「一杯ぐらいええやん。なんで今夜だけ」

「だから妊娠してんだって」頬にかかる髪を払う。

「はいはい」

「ほんまですがな、光介はん」

「本当なのよ、光介。珠希、妊娠してんのよ」と巴香が言った。

光介は巴香の顔を覗くように見る。

「ほんと、ほんと」巴香が繰り返す。

光介は純吾の顔を見る。

「そう、事実。今夜言うつもりだった。でも巴香、珠希に聞いたんだ？」

「うん、さっき散歩中にね」

「嘘やろ」

「なんで嘘言うのよ」

「いやあ、ほんまかあ」

「ほんまほんま」

　涼子が、

「おめでとうございます。すごいなあ。いやあ私、すごいときに立ち会わせてもらったなあ」と小さく拍手する。

「何か月なん?」

「安定期に入った。お腹はまだ出てない」巴香に言っていたのと同じ答えを早口でする。定型らしい。

「なんかそんなときにこんな遠くまで、お呼びたてするような真似して、申し訳ありません」

　純吾が、

「いやいや、むしろありがたかった。こういう発表をできるいい機会を作ってもらって、鈴田さんにも感謝してる」

「あの、純吾さんも私のこと、涼子って呼んでくれていいですから」

涼子を一瞥《いちべつ》して珠希は、

「ところでなんでお姉さんは自殺したの?」と訊いた。

他の皆が固まる。

涼子はおずおずと、

「だからそれは私にもわからなくて」

「そうね、そう言ってたみたいね」

「純」と珠希は彼の手の甲に触れる。「帽子取ってきて。髪がもう邪魔」

純吾が席を立つ。珠希が「赤のね。赤のじゃないと嫌だからね」羽織ものみたいにぶかぶかの白シャツの純吾が、引き戸の向こうに消える。階段の下のところに先ほど珠希が脱いで渡した水色のニット帽をそのまま置いていたのだが、それを拾って彼は二階へと上がる。

「表向きはね」珠希が言う。「だからってなんの推測もないわけないでしょ。結婚してたんでしょ? 夫婦仲は?」

「はい?」

珠希は質問を繰り返さない。

「みんなお間抜けさんだからこうして招待されると、ほいほい出てくる。わざわざ手の込んだ真似して、これでなんの計画もないなんてあり得ない」

「考えすぎですよ」姿勢のいい涼子は珠希をまっすぐに見る。「計画だなんてそんな大げさなもの、私にはありません。ただ皆さんに会いたかった、それだけです。姉の日記に描写されてた皆さんが本当に素晴らしかったから」

「俺はどんなふうに」と言う光介と「どんな悪口書いていた?」と訊く巴香とが重なる。そして二人とも黙る。巴香は別に、光介の悪口は何か、と訊くつもりではなく対象を特定しない、ただ書かれていた悪評について好奇心から訊きたかっただけなのに、意図せず光介を嘲弄《ちょうろう》する言葉になってしまっていた。しかし言い直さない。それができない。

純吾が戻ってきた。

赤のニット帽を彼から受け取り、被り、回し、しばらく長髪と帽子をいじっていた珠希だが、やがて大いに満足そうな顔を見せたあと、背もたれに背中を預けきる。腰を浅くしていかにも横着な座り方だ。

「悪口なんて書いてませんよ」涼子はまず巴香に答える。それが、光介に対してのみそうだというのか、四人全員に対しての回答なのかはわからない。

次に光介に涼子は「光介さんのことは愛情深い男性として描かれてました」と答えてい

た。

「愛情深い？　誰に？」と巴香。

「もちろん巴香さんに」

「いやいや、それはお姉さんが誤解してる。だいたい大学時代のほとんどは、光介は珠希にぞっこんだったんだから」

純吾が「お姉さんは、俺たちの最後の一年しか知らないんだよ」と改めての指摘をする。自分のグラスにワインを注ぎ、涼子にも目配せをする。

「あ、いただきます。すみません」

「手酌でやりぃよ。遠慮せんと」

「遠慮って、そもそも鈴田さんとこのワインだろ」

「あ、ほんまや」八重歯を見せて光介は笑う。

「涼子ちゃん、真実を教えてあげる」巴香も自分のグラスに手酌する。銀プレート上のチーズクラッカーに手を伸ばす。「この人はね、初めて見たときからもう珠希にぞっこんで、でも振られどおしで、その狂乱の約三年間だったんだから」

「おうおう、始まったわ」

「三年？　二年じゃなく？」と珠希。

「珠ちゃん、俺のパッショネイトな愛は二年ぐらいでは冷めんよ」飲むペースの一人速い光介は、そろそろ酔いが回ってきたようだ。

「じゃあ三年だったら冷めるのね」

「そんなん言うたって珠ちゃん、全然振り向いてくれへんかったやん。のれんに腕押しやったやん。他のどうでもいいような、くだらない男たちとは遊び回っとったのに」

「光ちゃんはどうでもよくない大切な人だからよ」

いっきに光介は相好を崩す。

「嬉しいなあ。ごまかされとるみたいやけど、嘘でもなんでも嬉しいなあ」

「ごまかされてんのよ完璧に」顔を赤くしている彼に巴香が言い放つ。うるさいなあ、と光介は呟く。しかし珠希が楽しそうに笑い声を上げるのを見て光介は嬉しそうだ。

「ああええなあ、珠ちゃんのその笑い方。ほんま、キャンパスのどこにいてもその笑い声を聞けただけで幸せやった。遠くからでも俺は聞き取れたね。男たち引きつれて歩いとったのも、当時は地獄の光景やったけど、今からしたら珠ちゃんによう似おうとる、似つかわしいもんやったわ」

「何をきっかけにお二人はお付き合いされるようになったんですか？」

巴香がたっぷりとした訝《いぶか》しげな表情を涼子に向ける。そして何も言わない。

「巴ちゃん、質問されてるよ」

「私？　嫌よ、答えたくない」

「どうしてですか？」

「は？　何急にこの子」

「おい」

光介が「はいはい俺が答えましょう」と割って入る。「その前に純吾、なんでもええからワイン一本ちょうだい。白がええわ、白。ごめんけど、栓も抜いてくれへん？　ごめん」

ありがと、と受け取ったボトルをそのままグラスに傾けながら「俺が珠ちゃんと二人で飲みに行くたんびに、このおせっかい女が、ボディガードのつもりか、珠ちゃんを迎えにきよる。んで、ついでにこいつも飲むようになって話聞くようになって、そっからやな、俺がこいつに同情して」

「どっちがよ、同情してあげたのは私のほうじゃない」

ふん、と鼻で笑うが頭を振って「まあそうやな。認めるところは認めんとな。まあフェアネスを発揮すれば、大目に見て、同情されてたんは俺のほうかもな。でもおまえかて、あのときは付き合う男付き合う男みんなに、短期間で愛想を尽かされとったやないか」

「嘘ばっかり」

「嘘やないやろうが」大きく肩を落とす。「じゃあ、あの高梨君《たかなし》はどうなった？　俺の前に付きおうとった男。ほとんどノイローゼみたいになって、転部までしたやないか。なんでか、なぜなら真面目な彼は、おまえの辛口批判の連続攻撃に耐えきれんくなったからや」

「忘れたね、そんな古いこと」

「なんでおまえはそうちょくちょく、反射的に口からでまかせ言うん？　現実逃避か？　まあ一人の男にトラウマ負わせてその人生狂わせたんやから、罪の意識は重いんかもな」

「男はいつまでも古いことにこだわって」

「巴ちゃん」椅子に浅く座っている珠希は手をお腹の上で組んでいる。「フェアネスよ、フェアネス」

それで巴香は光介の目の前のシャブリをふんだくり、自分のグラスになみなみと注いだ。暗闇に蟬のジッと飛び立つ声を一瞬聞いた。

手にしたグラスのほとんどを巴香は飲み干す。次を入れる。

「姉の日記には、お二人の仲はもうまるで運命的なふうに書かれてました」

「そうやで、運命的なラブやで。だって、俺以外の誰がこいつの辛口トークに耐えられる？　対抗できる？　そんな男は俺だけや」

「私だっていつまでも学生時代の未熟な私じゃない。成長してないのはむしろ光介のほう」

「そりゃまあ、そうかもな。公平性を期すならば。でも、もっと言えば、涼子ちゃん」

「はい」名を呼ばれて背筋を伸ばす涼子。結局のところ光介は、妻の巴香のことについて話すのにこうして第三者のいることが弾みとなる。それが新顔で若い女性だったら尚更だ。

「俺は嫁さんを愛しとるよ。それだけやない、これは誰が否定しようが絶対的な真実やと俺は言い張るけど、このおかっぱの嫁さんも、確実に、確実に俺を愛してるよ」

「はい、否定します」巴香が手を上げる、と被さるように「俺たち夫婦は」

話の腰を折られた光介は、巴香を横から見る。巴香は向かいの珠希を見ている。にやにやしている。

光介もやがて微笑する。そして言った。

「愛し合ってないんやったらなんで俺たちこんなに必死になって、不妊治療を頑張ってんねや？」

「はあ？　馬鹿じゃないの！　この男はどこまで口滑らすの」

手を伸ばして巴香は光介の、立たせた髪型を触って潰そうとする。整えた髪を触られるのをいちばん嫌う光介は、手を払いつつ「やめろや！」と本気の声を出して席を立つ。

「憎いわ、この男。ほんとに嫌い」

「なんやねん。口を滑らせ続けんのが俺たち夫婦の、その、あるべき姿やろうが」身振り手振りを大きくしながら、ふらつくようにして保冷バッグに向かう。純吾が腰を上げて手を伸ばし、光介のそれまで飲んでいた瓶の本当に空になっていることを確認した。巴香もそこから飲んでいたとはいえ、あまりに速い。

「口を滑らせ続け、お互いの皮をむき、その中身が空洞であることを定期的に確認する。んでまたお互いが時間をかけて、空しい皮をまとう。暴いては装い、装っては暴く。その繰り返しが俺たち夫婦のあり方ちゃうんか？」

　言いながら光介はボトルを取り出した。目を細めて「これ白やんな、なあ？」と傍らの純吾に訊く。オープナーを手にするもそれを立ち上がった純吾に取られて、コルクを開けられるのをおとなしく待つ。一歩下がって待ちながら誰にともなく言う。

「こんだけの苦労をお互いして、惨めな思いも共有して、それが愛情に基づく行為じゃなかったんやとしたら、これはいったいなんやねんな。子供が欲しいいうんは、俺との子供が欲しい、俺たち夫婦の仲を取り持つ新たな生命が欲しい、いうのと違うんか？　誰との子でもええんか？　子持ちのステータスが欲しかっただけ？　そんなん俺はカマキリの雄か」

コルクを開けた瓶を純吾から手渡され、それをそのまま口につけて飲んだ光介は、座った純吾を指さして、

「純吾、おまえにもなあ、俺は言いたいことがあるぞ」そしてまた一口。「あの精液検査の屈辱、巴香に手で手伝ってもろうて、それをまた巴香が人肌で温度保つためにスウェットパンツの腰ゴムのところに挟んで病院に急ぐあの必死な感じ、侘しくて切なくて。またあのハーブやら漢方薬やらを飲むときの毎回の苦い気持ち」

「もういいから戻ってきいって。転ぶよ、座りなよ」と巴香が若干の関西弁イントネーションを入れつつ。「私もそれ飲みたいから、ほらほら」

言われるがままに自分の席に戻りながら、

「だいたい、精子無力症、ってなんやねんその病名。さすがは俺の子種たちやわ、親父そっくりや。でも完全に俺のせいだけってもんでもない、この巴香にも不妊体質は大いにあってやな」と巴香に指を振る。わかったわかったと巴香はもう落ち着いているふうだ。光介は八重歯を見せて笑う。「だからこそ、そこも似たもの夫婦ってやつかなあ。人格も才能も、生殖能力まで空っぽ。そこんとこに、俺だけのせいやなかったってところに、男のプライドとして安堵もしているこんな情けなさを純吾、おまえにも味わわせたいわ」

光介はようやく席に腰を下ろした。口を閉ざした。巴香がその手からボトルを奪う。光介を心配してのこと、だけではなくそれを飲みたいのも本心で、目の前のグラスにまた、たっぷりと注ぐ。たしなみもなく、いっきに飲む。そろそろその一重まぶたが、とろんとしてきた。酔ってなければ光介が口つけたボトルからのワインを、潔癖を見せつけたい心情もある彼女が飲むはずない。

光介が顔を上げる。

「人間関係のやなあ、諍いを起こしたあとでのものすごい気まずさと息苦しさを、涼子ちゃんも知らないはずないやろ？　恋人相手とか家族とかでも」

「言わんとするところはわかります」

「それをこの、おかっぱの嫁さんは、あっさりした性格で自分から謝ってきてくれよるから、そこは楽やねん。気まずい思いを何日も引きずることがない」

「それは、なかなかできないことですよね」

「やろ？　その点では、冗談やなく、俺は巴香に感謝してんねん」

「では、その代わりとしての、罵倒のし合いなんですね」

「罵倒のし合い？」光介は片方の眉を上げる。「まあそうかもな。俺も言いたいことを遠慮なく言い、だから夫婦仲は、えっと、円満？」

「さっきの高梨君？　とは違うということですか？」

「そういうこと。ていうか他の歴代の彼氏の誰ともね。俺の過去の彼女さんも含めて。なんでって、夫婦関係は、というか全部の人間関係がそうやと思うんやけど、言いたいことを言えなくてふさぎ込んでまうってのが、いちばんの害悪や、と思う。なんでも言い合えばいい。なんでもオープンなんがいちばんなんよ、結果」

「ああそれはいいと思います、いいと思いますけど、でもどうか、子供は作らないでくださいね」

「え？」

ワンテンポ遅れ、光介が、

「子供は作んないでください。お二人はそれで、そんな感じの馴れ合いの、閉じられた関係性の夫婦でいいかもしれないですけど、そこに産み落とされる子供がもしこの先、出てくるとすれば、それはあまりにも、むごすぎる。毎日こんな罵り合い、しかも両親のを聞かされるなんて、逃げ場ないし、いやあ、いや、不妊治療なんかすぐ止めてください。お願いします」

「なるほどね、私たちそのものが、クソッタレジジイとクソッタレババアになんのね」巴香は自分の大きく胸元のあいたシャツの、その襟ぐりを引っ張るか、そこに覗く自身の肋骨を医者の触診のように指で押して回っている。それが彼女の酔ったときの癖だ。

「あんなあ、子供ができれば夫婦は変わんねん。そりゃそやろ」

「子供ができればなんとかなるって、新しい命をそんな賭けの対象にしないでください。老後の面倒を見させたい、ただ寂しさを紛らわせたい、っていうだけの身勝手な論理で、これ以上の悲劇を産むな増やすな、ですよ」

皆が黙る。

虫の音が再び鳴る、再び鳴ることで音の止んでいたことを知る。

純吾が言った。

「どうしたの鈴田さん、酔った?」

タイミングを外したその問いかけと、優しげというより間の抜けた声質に、不意を突かれたように涼子は声出して笑ってしまっていた。

そこを珠希が言う。

「光ちゃん、やっぱり彼女の目的はこれだったのよ。これぞミステリーの幕開けよ、これがそう。いよいよ惨劇のバカンスらしくなってきたね」

「何言ってるんです、一人で興奮して」

「すごいなこの子」間延びした声で純吾は言う。「いったいなんなの本当に」

「そもそも純吾さん、嫉妬ってしないんですか？」

しばらく黙って、いろいろなことを長く考えているふうで、やがて純吾は、

「嫉妬はまあ、しないかな」とグラスを回しつつ、しかしなかなか飲まず、底に溜まっているワインをただ眺める。

「愛してないんですか？」

「それは、ない」苦笑混じりで。

「だったらどうして？」

またしばらく考えるふうの純吾だが、やがて待ちきれずに涼子が、

「これも自暴自棄な？」

「え？　いや、うん、まあ珠希のためなら自分を棄てられる、気はする。この珠希はどこか投げやりで危なっかしくて、それから切なさ。自由で行動力がすごくて、太陽の子で。だから一緒にいて見てるだけで気分がいい」

「わかるわあ、珠ちゃんにはたまらない切なさ、感じてたわあ」光介はその、切なさ、という単語にただ飛びついたふう。

「それでそんな彼女を、どうして俺が束縛できる？」

「子供ができたからじゃないんです？」

「だからって珠希の全生涯の、その後のすべての自由を、どうして奪えるかって」

「約束したからね、純」珠希は椅子に座り直す。「何があっても私の自由を奪うようなことはしないでね」

「うん」

「約束だからね」

「わかってる」

「それはその約束のうちに、浮気の宣言も含まれてるってことですよね？」

「自由って言ったらすべてが自由」

「鈴田さん」純吾が答える。「こういうのはね、珠希のよくする誇張だから。こけおどし？　とにかくあんまり真に受けないで」

珠希が先に、

「こけおどしは嫌いじゃないけど私は、嘘は好きじゃない。私の自由を奪うどんな口約束も私はしないから」

「ずいぶんな不平等条約ですね」

「なんでもいい」

「どっちにしろ普通じゃないですよ、普通じゃない」

「それ私にとって褒め言葉だから」

涼子は大きく息を吐く。先ほどから彼女は少量しかワインに手をつけてない。アルコールの力など借りなくてもいい。テーブルの上で両の拳を握る。

「皆さんには本当にがっかりさせられました。失望です。結局のところ姉の日記に書かれていたことは、まったくのファンタジーだったか、それとも単に姉の見る目がなかったか。だいたいおかしいなとは思ってたんですよ。現実離れした青春劇だった」

「何がどう書かれてたの？」純吾の口調は変わらない。

その向けられる感情の変わらなさに、怪訝な顔をして涼子は、

「珠姫の大泣き、については書かれてました」

「私、わかったことが二つある」と珠希が二本指を立てる。

「何？」と巴香が訊いた。

「まず一つ。この子は今の台詞を言いたくて、わざわざ私たちをこんな僻地にまで呼んだんだってこと」

「今の台詞って？」光介は目を開けられないふうで細めている。

「がっかりした、失望した、って。それ言いたかったのよ」

「どうして？」とこれは純吾が問う。

「姉との関係ね。親代わりだったんでしょ？　じゃあ自殺が相当にショックで憎しみに転じたとしても不思議じゃない。その姉が、日記で褒めあげてたっていう私たちに自分は逆の評価を与えたい、とでも思ったのかも」

「そうなんか？」光介が片目で涼子を見る。

「何を勝手な憶測を」涼子は珠希から目を離さない。「それに姉とはもう何年も連絡取ってなかったし、自殺も全然ショックじゃありませんでした」

「でも憎んでるのは正解」

「不正解。正直何も感じてない」

「何も感じてないって、巴ちゃんへの手紙には、ショックでした、寂しいです、とか書いてたじゃん」

「ああそうだ」と巴香。

「まあ嘘です。私は嘘、嫌いじゃないですから」

ふふ、と珠希は笑った。そしてテーブルの、涼子に近いほうをノックし、

「あのさ、人を殺したいときには、本当にちゃんと物理的に息の根を止めないと駄目だから。意味ないから。巴ちゃんたちだってどうせ明日から、今夜からってことはないだろうけど、せっせと子作りに励むのよ」

「ちょっと」

「言葉や思想で相手に影響を与えようなんてそんなの、影響なんて所詮、いいも悪いも本人たちの受けたいようにしか受け取らないんだから。例えばあなたが姉や親から受けた言葉を悪い意味で後生大事にしてるとして、傷ついたとか言っててても結局はそれがあなたのアイデンティティの一部になってる。あなた自身がそれを選んでいつまでも、自家発電で傷ついたり怒ったりしてる。宿主のほうが操作されてんのよ。自由が不安だから幻のアイデンティティを育み、やがてそれに生き方まで定められて、今やもう完全に乗っ取られてる」

「私はあなたたちみたいな大人にはなりません、絶対に」

「私はそういう本末転倒から徹底的に逃げる」

「それでビッチになるんですね、欲望には負けて」

「ビッチでもヤリマンでもなんでもいいけど」

「男漁りの金持ち婆さん」

「うん、所詮レッテルは外から来るもの。本当の呪縛は自分の内から来るもので、そこからは気をつけて独立を保ってないといけない」

「言い訳がましい」

珠希はまた、背もたれに首から身を預ける。低い姿勢になる。

「では、わかったことの二つ目」と二本指。「あなた、お姉さんはここで死んだんでしょ？　この別荘で。違う？」

涼子は拳を固めたまま答えない。

風が出てきた。

「ここで即答しなかったらそれが答えそのものだよ？」

「え？」と巴香がすっとんきょうな声を出す。「本当に？」

「当てずっぽう言ってるだけだよ」

そう言う純吾に珠希は微笑みかける。そして涼子に向き直り、

「バスルームでしょ？」

「え？」涼子が声を出した。「どうして？」

「さっき覗いたときに、かすかに腐臭がしたから」

「嘘！　だってちゃんと」

そこまで言ってから涼子は、珠希の罠に嵌《は》まったことに気づく。

巴香が、

「ほんとにほんと？　いやいや、ないない。絶対に嫌。光介、光介！」

「ん？　なんやねんなもう、ようわからんわ」と、なかば寝ぼけていて。

「帰ろう帰ろう。こんな家、もう一秒たりともいたくない」

「巴ちゃん巴ちゃん」と珠希。「落ち着いて。みんなお酒飲んで誰も運転できないから」

「珠希は？　珠希は、あっそか、ペーパードライバーか。でも帰りたい！　他のホテルに泊まろうよ？　ねえタクシー呼ぼう？」

「落ち着いて巴ちゃん。明日朝一で帰ればいいじゃん」珠希はどこか楽しそうに。続けて、「さ、そういうわけで」と反動をつけて身を起こす。「どっちが普通じゃないのかわかんないけど、でもまあ普通じゃないことはいいことだから。今日は楽しめた。というわけで私はそのシャワー使わしてもらって、もう寝る」

「嘘？　気持ち悪くないの？」

「現場を見てあげないとね。それにどうあれ、シャワー浴びないで寝るのは無理」

「私もそうだけど、ここのは無理だわ」

巴香がそう言っているそばから珠希はもう引き戸のほうに向かっていた。

「ちょっと待ってよ、置いてかないでよ。ねえ光介、ほら立って」

腕を引っ張られて光介は、やはり片目だけを開けて「なんやねんもう、もうお開きかいな」それでも立ち上がる。巴香に「明日朝早いんだから」と、せっつかれて歩く。

そんな二人を背後にちらちら見ながら珠希が、ニット帽を目深に被って、「巴ちゃん、前が見えないよう」と巴香にもたれるようにする。酔っているほうのはずの巴香が「はいはい」と珠希を支えるようにして歩かせる。もう一方の片手では光介を引っ張るようにしている。引き戸を開け、三人は家のなかに姿を消した。

そうして、純吾と涼子だけが残った。

どちらも、何も言わない。残されてからあとは、涼子のワインを飲むペースは速くなっていた。

純吾が立ち上がる。トレイを手にし、皿を載せてゆく。器用に積み重ねた皿と残り物をキッチンまで運ぶ。涼子は動かない。ただワインを飲み続ける。純吾が戻ってきて、またトレイを一杯にして持って行く。そうしてやがて、すべてが回収された。テーブルに残ったものは、ワインボトルを別にすれば、涼子と純吾のグラスと、涼子が銀プレートに載せて持ってきたチーズ類などだけだ。

すべての皿を回収した純吾は、戻ってこない。まっすぐ二階の寝室に行ったか。しばらくして涼子は、純吾が一人で皿洗いなどをしているのではと考えつく。といって今更、席を立てない。ランタンに照らされ、ワインをただ飲んでいる。

しかし純吾は戻ってきた。布巾でテーブルを拭くことまでして、そしてどうするのかと横目で見ていれば、元の席に腰を落ち着ける。自分のグラスに彼もワインを注ぐ。

「何してるんです?」ふてぶてしそうに見えるようグラスをあおりながら、涼子は訊く。

「何って、後片付け。俺たちが無駄に開けたワインが多いから」

「それはわざわざありがとうございます。でも、珠希さんのためにも寝室に行ってあげたらどうですか?　このワインも、余ったってどうにもできるし、別に惜しくないし」

「そういうわけにもいかない」純吾の口調が断定的になってきたと、これは自身の酔いのせいなのか涼子は感じていた。「だって、鈴田さんのお姉さんのことも、涼子ちゃんの知らない大学時代のこと、沖縄旅行でさ、俺がお姉さんにレスキューしてもらったことなんかさ、そんなの、言わないうちには帰れないでしょ。そういうの言わないと、今日会った意味がない」

苗字でなく下の名前で初めて呼ばれたことを涼子は意識する。言う。

「お姉ちゃんに純吾さんは優しくしてくれて」

優しい人、と姉の日記に書かれていたことを涼子は想起する。その沖縄旅行のときの、姉に示した彼の思いやり。お姉ちゃんがレスキューした話、なんてものは知らないが。あの貧弱な身体で、いくら元水泳部だからってそんなことができたのか。

純吾が燻製ハムに手を伸ばす。

「まあまだ夜は長いんだから、じっくり話そうか」

優しい人、と涼子は思う。と同時に姉の日記に、隠れ女好き、と評されていたことも涼子の頭にはあった。

2

インターフォン越しに応答したときは、わずかに驚いた珠希だったが、玄関ドア向こうに久方ぶりの涼子の姿を認めたときにはもう、ひっそりとした微笑みを浮かべているのみだった。

珠希の髪は肩につくかつかないほどに短くなり、より柔らかな飴色《あめいろ》になっていることを涼子は見る。そしてスーツ姿だった。着丈が短すぎてフォーマルというよりデザイン重視であったが、それでもあの珠希がスーツを着ている。貿易関係の仕事をしているとは聞いていた。

「純に用?」

「はい、いや、でも呼ばれたわけじゃなく私が勝手に」

「上がって。どうぞ」

そして本人としてはわずかも悪意なく、

「名前、なんてったっけ」

「鈴田、涼子です」

「うん、まあどうぞ。私はもう出て行くから。話し合いも終わったことだし」

その言葉に涼子の動きが止まったところで純吾が姿を見せた。らくだ色のケーブル編みセーターを、だぼっと緩やかに着ている彼は、涼子を見ても慌てたりはしない。

「ああ来たんだ。でも今日はちょっと」

「いいじゃない。私はもう行くし」

「あれで話が済んだつもり？」

「いつまでもこれじゃ平行線」

「母親だろ」

「私は母親であることをやめたかった。そしてもうやめる」

「ひどいこと言う」

「育てたかったらどうぞ。私は今後も何も要求しないから。親権を後から取り戻そうとすることもしない。誓う」

　そして涼子を見て、

「この家もね、純にあげるの。それでいいってパパが。だからあなた、ラッキーよ」

「その子は関係ない」

「あ、そ。まあどちらでも。でもね」と珠希は涼子の腕を取る。引っ張ってゆこうとするから慌てて涼子も靴を脱いだ。「ちょっと来て、ちょっと。これを見て」

　和室の襖《ふすま》を開ける。涼子を入れる。

　そして珠希は、ベビーベッドに横になっている彼女を、涼子に見せた。

「これね、生きてんのよ。生きてんの。すごくない？　私たちに比べてのこの存在感、引きつける力、圧倒的よね、すごい屈辱じゃない？」

　彼女は低体重児として生まれた。今でも明らかに体重は充分でない。またその頭についても、片側が絶壁となってもう一方に隆起しているという極端に非対称な形をしている。しかし涼子は、彼女を見るのが初めてではない。初めてではないということをこの珠希は知らない、という事態にばかり目を向け、珠希に見ろと言われたベビーベッドのほうは実際には直視してなかった。

「何を急に」涼子は珠希を見たまま「なんなんです？」

「何を見てんのか、あなたは自分でわかってんの？　これはねえ、カオスなのよ。これは私の自由をまったく根本から奪うもの。私は秩序が好き、理想が好き。私は上昇志向で行くの。綺麗で清潔でカラフルで、毎日ハッピーなのが好き。私はそうやって生きてきたしこれからも死ぬまでそうするの」

珠希とは二度目の対峙になるから、ある程度の心構えはできているつもりでいた。が、想像以上だった。

「ちょ、ちょっと。何言ってるんです？　普通のお子さんですよ、普通の」

「普通？」

「そうですよ。ちょっと発育が遅いかもしれないけど、別に命に危険があるわけじゃなし、それにこの頭は斜頭症って言って別に、治るもんです。心配しなくていいです」

「ふうん、いろいろ聞いてんのね。調べてきたのね。でも知ってるしそんなことはもちろん。それに私、心配なんかしてないから」

ひるんでいてはいけないと涼子が「じゃあ」と言いかけたところで、

「いいからこの部屋から出ろ」純吾が背後から押し殺した声で「ノノに聞かせんな、そんな言葉。出ろ」

ひやりとする涼子。しかしベビーベッドから泣き声は起こらなかった。涼子は心底ほっとする。

二人のあとからリビングに出て、涼子は部屋の隅に立ちつくすしかない。葉色の鮮やかなパキラのそばに立った。バッグを足元に、その紫の鉢に寄りかかるよう置いた。反省として立たされているみたいに、手を前に組んで目線は上げずにまっすぐ立つ。パキラはそろそろ剪定《せんてい》したほうがよさそう。

涼子の真正面の、向かいの隅には珠希のものらしきトレンチコートが掛けられていた。その下にはキャリーバッグが立っている。

純吾が珠希に言った。

「愛情があればこんなことにはなってなかったはずなのに」

「誰への？」

「ノノへのだよ、決まってんだろ」

「それは関係ない」

「関係ない？　どうして？　後ろ髪引かれるだろ、普通」

無意識みたいにして自分の後ろ髪へ手をやりながら珠希は、

「どっちにしろ私は同じ行動を取ってた。情があればそれが取り返しのつかない水位にならないうちに、情がなければ余計な情が移らないうちに」

鏡面塗装された黒のテーブルを挟んで三人は、直角三角形の位置で立っていた。いちばん離れている涼子に向かって顎をしゃくって珠希が、

「あの子のこと、ノノって名付けたのは純なの。カタカナで、ノノ」

「知ってます」断固とした口調で。

「じゃあなんでそう名付けたか知ってる？　それはね、将来あの子がどんなふうになっても自分で自分の名を書けるよう、書きやすいものにした」

どのような感情も表に出すまい、とだけ涼子は念じる。初めて聞いたということも情報として与えたくない。

「純はね、すべての女は子供を産めば母性が芽生えるのが当然って考えなの」

「当然じゃないんですか？」

「へぇ」珠希はしんから意外そうに。「あなたもそう？　本気で？　それとも男に合わそうとしてるだけ？」

「違います。ていうか全人類アンケートしても、珠希さんと同意見は一割もいないんじゃないです？」

「私は何も意見言ってない」

「そうだ、それが問題」と純吾。「話し合いは終わったって珠希は言うけど、そうじゃな

い。だって意見らしい意見を聞いてない。結果報告があるだけ」

顎の先を触りながら珠希は、曖昧な表情で何かを考えているよう。

純吾が言った。「座りなよ」

「私に言ってる？」と珠希。

「そう」

「私の、何？　意見が聞きたいって？」

「納得できない、どうしても」

「今まではその結果報告だけで納得してくれてたのに。それに、こんなのは永遠の平行線だって言ってんのに」珠希は腕時計を見て「ま、いっか。どっちにしろ時間潰しが必要だったし」そして曖昧に漂わせていた涼子の視線の先で手を振り、こちらを向かせた涼子に「あなたも座ったら」と誘う。

珠希は上着を脱ぎ、ぴったりしたシャツに華奢な身体を見せる。動きのなかで時折、へそが見える着丈の短さだ。身を投げ出すように勢いよくソファに座る。

涼子もコートを脱ぐ。

「純」と珠希が促す。

促されたのを特にうるさがるのでもなく純吾は、涼子の手から彼女のコートを預かってそれをハンガーに掛ける。礼を言った涼子はバッグを手に、ソファに座った珠希の向かいのデザインチェアに座った。

座るなり開口一番、

「私も珠希さんに、珠希さんの意見というのを伺ってみたかったんです」と言う。「だってあんまりにも理解の外だから」

珠希は下唇を突き出す。

「珠希さん、珠希さんは母親の責任について、どうお考えなんですか?」

ぎこちなさが自他に露わとなろうとも、きつい口調で涼子が頑張るのは、よほど強く深くに楔《くさび》を打ち込んでおかないと永遠に蚊帳《かや》の外に置かれそうな不安があったから。

「責任って空虚な言葉。足を引っ張る脅し文句」

純吾が「そうして責任からいつも逃げて」と腕を組み、前かがみに「親の庇護のもとでいつまでもお姫様気分でいて」

「純もひどいよね。おまえはおまえらしい生き方のままでいい、ずっとそれでいい、って言ってきといて、いざとなったら私を拘束するようなこと言い出すんだもん」

「未来永劫にそのままでいいだなんて、俺はそこまで言った覚えない」

言われて珠希は口をつぐんだ。らしくもない硬直した表情に涼子は、事実とは何か、味方するとはどういうことか、複雑な思いに駆られる。言った純吾本人が、事実がどうだったか急に不明になり、いずれにせよ口にした言葉の強さを反省するようだった。

すぐに表情を正した珠希は、

「まあいいよ。とにかく私は私の理想を保つために最大限の努力をする。勝手にする。別に法律に反してるわけじゃないし」

「でも、保護責任者って、法律用語じゃ」涼子はやはり、珠希の味方にはなれそうにない。それは立場を越えてそうだ、と思う。

珠希は涼子を冷たく見やる。

「私がいつ、遺棄、したの。それに赤ちゃんポストとか施設とか養子に出すとか、別に普通にあんじゃん。私はそれでそうしようって純を誘ったんだけど」

「温泉旅行計画とか立ててな」

「そうよ。え？　それぐらいのことで倫理振りかざす？」

「そりゃそうだろ。子供捨てるついでに温泉旅館泊まろうって、そんな計画立てる神経が普通か」

「普通じゃないですよ」

「やめてそういう輪唱《りんしょう》、気に障る。かえるのうた？　学級会的な正義感」そして涼子に向かって「あのさ、わざとレベルの低い女演じてる？」

「は、なんですそれ？」

「まあ効果的だけどさ。ところであなたそんなふうに、いきり立ってるけど、いいの？　あなたが頑張れば頑張るだけ、純を独占できなくなんのよ？」

「今日、その子のことは関係ない」

「関係あるでしょ、ていうかいいの？　そんなこと本人の目の前で言って」

「いやつまり俺が言いたいのは、ごめん涼子ちゃん、俺は」

「いいんです。今はノノちゃんと珠希さんのことに集中してください」

「それで私たちが元のさやに収まったとしてもいいの？」

涼子は答えない。珠希のほうを見ようともしない。

「今、俺たちが話し合ってんのは、ノノの母親としての珠希の役割についてだよ。俺たちの仲についてじゃない。それにもう、出された離婚届は取り返せない」

「そうなの？」

「またそういうこと言う。離婚を最初に主張したのはそっちじゃないか」

「そうだっけ？」

「もういいよ。ていうか俺の求めてることがそんなに負担か？　離婚してもいい、アメリカ住むのも、自由恋愛楽しむのも好きにしたらいいけどさ、ただ、たまにはノノに会いに来ることなんか約束してほしい。それで今日出てくとしても、せめて一回ぐらいはノノを抱きしめてやってほしいって、俺の求めてることはそれだけじゃん」

「やだ」

「なんで」

天井に顔を向けて両手を口の横に置き、

「やだやだやだやだ、絶対にいや」と階上の住人に届けとばかりに珠希は繰り返す。

「どうしてそんなに頑な、なんです？」

ソファの背に首をもたせているそのままで、珠希は涼子を見る。

「聞きたいの？　それ本気で聞きたい？　それとも、男の好感度アップのためにしつこく言ってるだけ？」

いったん黙る。考えてから涼子は、こう切り出す。

「私のお姉ちゃんは、まさしくこうして、私を捨てて出て行きました。私が何言っても取り合ってくれなくて。で、死んだときに遺書もなし。見つけた日記には私のこと書いてない」

珠希は涼子から目を離さない。それは涼子も同じだ。

「本気で聞きたいです、本気です。ちゃんと耳を傾けてますからどうか、珠希さんのその意見を、心の内を、話して聞かせてください」

珠希はまた腕時計を見た。ふう、と息を吐く。

「純、コーヒーちょうだい」

肩をすくめ、純吾はキッチンのなかに入った。戸棚を開け、コーヒー道具一式を取り出す物音は折り目正しい。

身を起こして前傾姿勢になって珠希が、涼子に問う。

「あなた、私が幸せになったらいけない？」

涼子は素早く「いや」と答える。「別にそれはいいですよ。ただし我が子を犠牲にするのはちょっと」

「なんで駄目」

「だって当たり前」

「あの子と私とどちらかしか幸せになれないとしたら、私は私を選ぶ」

「どうしてその、どちらかしかないのか。ノノちゃんを幸せにすることが珠希さんの、お母さんにとっての幸せにもなる、とは考えられません？」

すぐそばのキッチンでは純吾によって、ドリップポットにミネラルウォーターが注がれる。火にかける。

「あなたさっき何見たの？」

「ノノちゃんのこと？　だったら私は別に、今日が初対面じゃないです」

「それでその程度の感想？　それともあえて私の反対言ってるだけ？」

いよいよ核心だ、と涼子は膝に抱えているバッグの持ち手を握りしめる。

「ノノちゃんの何がそんなに気に入らないんですか？　普通より小さい子で生まれたから？　あの頭の形は、さっきも言ったように治るんですよ？　その可能性が高い」

珠希が何か言おうとするのを察して早口になって涼子は、

「夜泣きとかお世話とか大変なのもわかります。わかりますっていうか私も、経験なしの無知の暴論を許してもらえれば」

「ああ、いいエクスキューズね」

「そういった困難を乗り越えてこその人生だと思います。そのときにまた愛情も芽生えますよ、きっと、必ず。だからやっぱり珠希さんは逃げてるだけなんだと思います」

「そうよ。で、逃げて何が悪い」

「それで将来、死ぬほど後悔するようになるかもしれないんですよ」

「そうならないよう早めに逃げる、情が移らないうちに」

「その対価として得られるのが、たかが連日連夜のパーティー遊び、だけ？　それって逆に、見合わないと思いません？」

「思わない。まず、私は別にそれを対価と思ってない」

「何がそんなに楽しいんです」

「楽しむことが唯一の目的だから楽しい」

「私もそういうの、知らないわけじゃないからわかりますけど、でもすごく虚しくなること、ありません？」

「虚しくならない行為なんてこの世には何一つない。子育てだってボランティアだって、戦争だってセックスだって」

「ていうかもういいだろ」純吾の声が間に入る。「どうしていつまでもそう、意地張って、あばずれを演じようとすんの？」

「あばずれって」珠希は純吾を見て笑う。

　ドリッパーもコーヒーサーバーもカップもすべて純吾の前にきちんと並べられていた。コーヒー粉もペーパーフィルターに水平に整えた。お湯が沸くのを待つだけ。今日という日が終わったら新たに豆を挽いておこう、とも純吾はぼんやり考えていた。苛立ちも過ぎていた。こうした作業には鎮静作用がある。

珠希が「あばずれで結構です」と言い直す。

横から涼子が、そっと小声で「さすが元ヤンキーですね」

「ヤンキーじゃない！」

瞬発的に両手を振って子供みたいに否定する珠希。

つい涼子は微笑んでしまっていた。日記での姉の感想と同じく、かわいらしい、と思ってしまう。意識しての反応じゃないから、かわいらしい。姉の日記でその描写を読んでから今日まで、あの軽井沢での一泊二日の喧噪《けんそう》を経て、この定型の掛け合いを実際に珠希としてみたかったという潜在的願望が、ようやく満たされた気分。

しかし、気を引き締めて涼子は、

「じゃあなんなんです？　もう演じないで。素直に、そのままに言ってみてください」

素直にとかってつまんないな、と珠希は呟く。それでも言う。

「まあ、素直に？　言ってしまえばそれは、遊んでるだけってのも飽きてくるよ。胸焼けしてくる。だからって私のお姉ちゃんみたいに、ワーカホリックなのも気持ち悪い。だからさあ、飛び回ってないと。一つのところに腰落ち着けるのはよくない」

「熱っ」と純吾が声を上げた。カップをあらかじめ温めようとドリップポットからお湯を注いでいたのが、そこからの飛沫が手にはねたらしい。涼子は、集中力が切らされたのをいい機会にと、頭のなかで言葉を整理する。目は純吾を見ている。らくだ色のそのセーターは彼に似合っている。安心感が増す。

お湯が散った手の甲のところに純吾は唇を当てる。赤くなってないか見ながら、

「だから子育てには縛られたくないって言うんだろ」

「そう、ようやくわかってくれた」

「わかんないよ」

「わかんないです」涼子は再びまっすぐ珠希を見る。「だって、だったらどうしてそもそも出産なんかしたんです。そこにはやっぱり期待していたものがあったんじゃないんですか?」

「それはまあそうね」

「じゃあ何がその期待を裏切ったって? いやわかってます。生まれたノノちゃんを見て、それで」

私は今ひどいことを言おうとしている、と涼子は顔をしかめる。それを見て純吾が、

「要するに」と引き取った。「要するにノノの、見かけがあんまりよくなかったのが、心変わりのスイッチになったんだろ? それで育てる気をなくした。持って回った言い方してるけど、結局は自分に似てないちょっと変わった子が生まれたってだけで、そっぽを向

いて知らんぷりして、それでどうにかやり過ごせると思ってる」

「やり過ごせんじゃん」

珠希を責める純吾の言葉を聞いているうちに涼子は、自分も同じ意見だったのにもかかわらず、本当は違うんじゃないか、そんな単純なものではないんじゃないか、との疑問が出てくる。

それで別の質問をする。

「海外に生活拠点を移すんですよね」

「まあ半々？」

「海外には自由がある？」

「動き回ることそのものに自由がある」珠希は指をぐるぐる回す。

「それっていつか、ガス欠になっちゃいません？　いつか、定住したい、腰を落ち着けたいっていう気持ちが出てくるんじゃないですか？」

「そんな先のことまで心配しない。そんときはそんとき」

「そんなに飛び回るのが楽しいんですかね？　娘を捨ててまで行く世界が」

「というか飛び回ってないと窒息してしまう、私は」

「でも、飛んだ先でもどうせ、似たような連中としかお付き合いしないんでしょ？　財力にものを言わせてコミュニティーの壁を作ってる、そういう離れ小島を転々とする。いずれは、周囲がお金あるだけの俗物ばっかりってことに気づいて、そこにも、うんざりするんですよ必ず」

「あなた、たぶん中途半端な金持ちだから本物の金持ちに妬みや偏見持ってんのね」

「はい？」

「いいのいいの。私だって成り上がりの不動産屋の娘だからそういうコンプレックスは理解できるけど、でもそれは意識して克服しないと」

「一緒にしないでください」

「じゃあしない」

「いや、そうじゃなくって」と涼子は脱力する。膝に抱えていたバッグの持ち手を強く握りしめすぎていたことに気づく。すっかり皺《しわ》が寄っていた。バッグを椅子の横に置く。

次の言葉が思い浮かばなくて涼子は、息を吐き、目を閉じる。うなだれる。首の後ろに手を当て、そこを揉んで、誰に聞かせるともなく「最近首が痛くって」と、こぼす。

「まだ若いのに」

「交通事故のむち打ちが原因で、頸椎《けいつい》ヘルニアなんです私。家族でドライブ中に夫婦喧嘩始めてあの馬鹿親父がスピード上げすぎて」

「ていうか」涼子は顔を上げ、声のトーンを変える。「もう若くないですよ、私も珠希さんも。だからその自由謳歌の装いも、数年のうちに寿命が来て、なのにいつまでも若いつもりの目立ちたがりの色魔ばあさん扱いされるのが目に見えてますよ」

ふふ、と珠希は笑う。「そういう意地の悪さ、前はもっと露骨でよかったのに、今日はどうしちゃったの。やっぱり男ができると鈍くなるタイプ?」

「何言ってんですか。男なんてできてないですし、じゃあそもそも言わせてもらいますけど、そもそも、そもそも」

「そもそもって何回言うのよ」

細口のポットから湯を注ぐ、穏やかで間の抜けた音が響いた。涼子はちょっと邪魔に感じる。自分が何を言おうとしていたか忘れてしまっていた。

「ああ、いい匂い。コーヒーできたら持ってきて」

「もうちょっと」と純吾は短く言った。

「そうね。じっくりゆっくり柔らかく、がコツなのよね」

「別にこんなの大したことじゃない」お湯を注ぐのをいったん止めて待つ純吾。

「でも他の男じゃ、女もだけど、純ほどにはおいしくできないのよね。何が違うんだろ」

一種の休戦みたいにして純吾がコーヒーカップを運んでくるまでのあいだは、言葉は交わされない。

「お待たせ」と二人分のカップを両手に持ち、それぞれを純吾はテーブルに置いた。自分のカップはキッチンカウンターに置く。そこのスツールに浅く腰掛けて、半身となって彼女たちのほうを向く。

珠希が言う。

「ま、飲みなよ。ほんとにおいしいから。作ってるあいだは私たちの会話も途中から聞こえないぐらいに集中してたのわかった？」

「話、そらさないでください。ていうか純吾さんのいれるコーヒーがおいしいとか、運転中とかオーディオのセット中とか、そういう作業中はなんだか没頭しすぎちゃうとことか、知ってますから私」

珠希は微笑み、

「私たち共通の話がいろいろありそうね。他にももっと深いことなんか」

「ないですから、そんな話なんかしたくないですし。だいたい私は純吾さんを、得て、なんていませんから。とにかくそれでも、それでもノノちゃんのことを捨ててゆくってのは、だって最初は産んで育てるつもりだったんでしょ？　それが突然に心変わりした」

「あの子が、見た目が醜いとか未熟児だとかそんなのはどうでもいいことで、私があの子を本当に怖いって思ったのは、あの子はね、将来的に必ず私のすべてを奪う者だから。きっとそう、必ず」

「初めて聞いた」純吾はちょっと驚いたふうだが、すぐに珠希の性格を思い出して「恐がりすぎなんだよ、時々、察しがよすぎるというか過敏すぎるっていうか」

「わかってない、ほんとにわかってない。わかってないのは、本当はあなたたちのほうなんだけどそれをどう説明したらいいいか」

「説明、してください」

「見て一目でわかんないんだったらもう他に説明しようもないんだけど、あの子、あれはね、暴君、暴風雨なのよ。ものすごく、生きてる！って感じがしてその生命力の渦というかエゴというか、奪う力、いなごの群れ、私のお金だろうが親のお金だろうが私の時間だろうが青春、人生、私の好きな人たち、すべて奪ってく。全部自分のものって顔で平然として、でもあの子はそれをしていい、奪えるものすべてを奪っていい権利がある。権利っていうかそんな概念以前のもので、だからやっぱり生命力。新しく生まれた生命として、私のものはすべて奪われる」

「また急に何を」

「いいの、涼子ちゃん」純吾はティースプーンをしつこいぐらいに回しながら「珠希はよくこう自分の世界に入って、おかしくなって、それでこうなると反論しようって気力をそれこそ奪う。まともに受け止めなくていい。気にしないで」

狂気を模したような歪んだ笑顔を瞬間、珠希はしてみせる。

涼子はしかし受け流すことはしない。

「奪われたらいい」と反論を試みる。「それこそノノちゃんに、そうする権利があるんだったら、珠希さんは母として、黙ってそのすべてを食い尽くされたらいいんです。それが結果に対する責任です」

「私の望んだ結果じゃない。あるいは他に預けたかった」

純吾が「母親なのに、たまに母親の役割を果たすことぐらい、いいだろ」

「たかがセックスぐらいでこれ、罪と罰とが釣り合ってなくない？」

「取り返しのつかないことをした場合には、それ相応の労役《ろうえき》が必要です」

「労役？　面白いね。でも拒否します」両手首を合わせ珠希は、手錠して、というポーズをする。「それで収監できるものならどうぞ」

その手首に一瞥もくれず涼子は、

「それに出産と育児は罰なんかじゃない。奪われるんじゃなくて与える喜び、そして得られる喜びもあるはずです」

手首を離して振って、珠希はゆっくりコーヒーを飲む。

「人生はやり直しが利くって誰しもが言うじゃない？　ずいぶん軽い覚悟で使われちゃってるフレーズだけど、でも私は心からそう思う。単純な真実。誰だって何したってどんな罪犯したって、人生はやり直しが利く。というか人は生きてゆくしかないしそのなかでは創意工夫するのが当然。たとえ私が、あなたたちの言うような子殺しであったとしても、私は私自身をどうしてでも幸せにするし、私はそれができる女だし、まあ確かに私は道を間違えた。自分の子を産んで育てる、普通の家庭の普通の幸せを望む、なんていう、ふさわしくもない甘い夢見ちゃった。だけどもう同じ轍《てつ》は踏まない。やり直せる、生き直せる。いくら過去の方面から恨まれても、過去は過去で、誰も私を強制的に謝らせることはできないし、それ以上のことは、だったら法廷で会いましょう、としか言いようがない」

そうして珠希はカップをテーブルに置いた。

一口も飲まれないままの自分のコーヒーに目をやりながら涼子は、

「ていうかミルクあります？　私ブラックはあんまり」と指摘するが、自分の嗜好《しこう》を忘れられていたことの反感が口吻に出てしまいすぐ、しまったと思う。

「あ、そっか」純吾はスツールから立ってキッチンに回ろうとするも、止まって「ごめんこの家、ミルクない」

努めて明るく振る舞って、涼子は手を振る。

「あ、じゃあ別にいいです。まったく飲めないってわけじゃないですから」

カップから一口を味わい、視線を珠希に戻した。

「ちょっと、一つ訊いていいですか。質問、というか疑問」

「さっきからずっと質問ばっかりしてんじゃん」と、からかうように言う。言ってから、どうぞ、と手のひらを向ける。

「思ったんですけど、母性、っていう言葉、嫌いなんですか？　珠希さん」

涼子に向けて目を細める。考えるようにしながら宙を向き、やがてまた背もたれに身を預ける。

「まあ、嫌いだよね。うん、嫌い。母性とか、なんなのよって。なんで父性とか夫婦愛とか、あるいは友情とか一般的な家族愛とか、信仰心とかナショナリズムとかは正しく廃れてきてる現代なのに、性欲ですら傾向としては薄れてきてんのに、なんで母性だけはいまだにその地位が揺るがないの？　いまだ神聖視されてんのよ。不当よ、ものすごく不当。どう答えてもあなたたちの責めからは、どうせ免《まぬが》れらんないんだから」

「どこまで本気なんだか」

「わかんないのかなあ、同じ女として」

「同じ女として、私は珠希さんに憤りを感じてますよ。だって珠希さんがいくらどう理屈づけようが現実無視しようが、近い将来、ノノちゃんはきっと自分自身を責めるようになります。お母さんが自分を捨てたのは、それは自分に原因があったからだって。そんな一生涯続くような負の感情を我が娘に植えつけるって、母親として耐えられます？　母性はどこ？　いったいどういう神経してるんです？　心あります？　子供の人生を、人間一個の人生をいったいなんだと考えてんのか」

にがそうに、しかしいっきに涼子は自分のコーヒーを飲み干した。

「珠希さんには心がない。いつか娘に断罪されて当然の人です」

「そういえばそう、昨日の夜も私は純吾に、サイコパスって言われたな」

大きく息を吐いて純吾は頭を抱える。

「まあ純もあれは相当酔ってたよね。まあ、心がないでもサイコパスでも王女メディアでもなんでもいいけどさ、そんな、コロシアムの観客席にいて私に石を投げてるつもりなんでしょうけど」

「はっきりここで言っときますけど、私は当事者です。観客じゃないです。少なくともこれから当事者になろうっていう覚悟でいます」

ちらと珠希は純吾を見る。純吾は頭を抱えた姿勢のままでいる。

「あっそ。それならそれで、でもだとしても私に石をぶつけてることには」

「はい、変わりないですよ。思いっきり至近距離から石投げつけてるつもりです。珠希さんは、子を捨てる女。罪のない者だけがこの女に石を投げなさいって、子殺しの罪を私は犯してないからあなたに石投げます。しかも中絶とかじゃない、やむにやまれぬ事情があるわけでもない、そんなの、最も許されない憎むべき罪。私はその資格があるとして、石持って石投げつけてるつもりです」

「それで私が傷つかないとでも思ってるの？　いくらあんたたちの言う、心のない人間でも」

「え？」と涼子は座ったまま身をちょっと躍らし、目を見開く。「傷つくんですか珠希さん？　というか、だとしてもそれをここで言う？」そして嘲笑する。

ソファに身を預けたまま珠希は、ずれ落ちるほどになる。

反対に涼子は、足を組んで前のめりになる。

「何を弱気な、情けない。珠希さんはもっと意地を張った強い人かと思ってました。もっと勝ち負けにこだわる人かと」

「そうよ、基本的にはね。でも今日はもう、いいや」

「以前はもっと鋭いところあったのに今日はどうしたんです？　といって単純に老けたん

ですね。衰えた。最初はそうでもなかったけど話してるうちにわかったのは、ああこれはこの人ずいぶん弱っちゃったな、つまんない女に成り果てたな、って」

そして涼子は珠希に次にこう問う。それはもちろん一種の挑発であったが本心からの疑問でもあった。

「いったい、何があったんですか?」

珠希は答えない。答えない彼女の代わりに涼子は自分でその正答例を導いていた。

「新しい男ができたから、とかじゃないですよねえ。ご自分でお金を稼ぐようになったからか?　それも少なくない金額を、独立して。それでいよいよ妖怪じみてきましたか?」

それが、過去の自分自身の表現だとはもちろん覚えてないふうで珠希は、くすりともしない。目論見にそぐわないことだが涼子はここで、珠希からの、意が通じたというような笑みが欲しかった。

また一方で、言ったこの答えも涼子の考えついた二番目のものに過ぎなかった。最適解として思いついていたものは、それはしかし、決してこの場では口にしてはいけない、戦略的にも政治的にも正しくない、ただしどうしようもなくそう思わざるをえない、珠希がつまらなくなったのはそれは、子を産んだから。彼女が受胎して母になって生物として生物らしくなって生物に回帰して、だから私は絶対に自分の子なんか産みたくないと思わざるをえないその結果だ。おぞましい。

珠希はソファの背に乗せている首を純吾のほうに振り、

「純、さっきから黙ってるけどそこでクロスワードパズルでもやってんの？」

カウンターに肘をついて額を支え、目を閉じていた純吾は目を開き、わずかに苦笑してからすぐに表情を固く締める。顔を上げ、

「昨日俺が言ったことは、本当に悪かったと思う。申し訳ない。いくら酒に酔ってたからって、あれは言っちゃいけないことだった」

「純が私に言っちゃいけないことなんて金輪際、いっさいないから」

珠希がつまらない女になったとまでは、純吾は思わない。八歳年下の子にここまでやり込められる人間ではなかったはずだ。おかしな話だが、今、目の前にいる珠希がとても美しくなったと、にわかに思えてくる。美しくなったのは母になったからか。とげとげしい少女性が消えた。彼女を美しくしている何かが同時に彼女のなかの火を弱めてしまったのか。

しかしそこに涼子が割って入る。彼女には彼女の、ともかく言うべきことがあるのだ。

「それで、でも、私たちの言動を逆恨みにして、理由にして、ノノちゃんへの養育費を打ち切る気なんでしょ？　これからも、何かと気に入らないことがあれば、例えばこのマン

ションから出て行けとか、そういうことをカードとして残しとくつもりなんじゃないですか？」

身をにじって座り直してから珠希は、

「いいね、さすがね。さすが当事者になろうと覚悟決めただけのことはある。とにかくまあ、安心させてあげるために説明すれば、養育費の件もこのマンションのことも、私主導じゃなく私のパパがどんどん決めちゃったことなの。だから決定権はパパにある。それで信じるかどうかはあれだけど、あの人は私以上に俗物で、私以上にわがままでどうしようもない人間だけど、でも義理を欠くようなことは絶対にしない。約束は守る。しかも事務処理そのものは会社の人にどうせやらせるんだろうから、公私混同で部下も大変だけど、でも遥かに確実」

突然、涼子は、テーブルの珠希に近いほうをノックする。そして言う。

「起きてます珠希さん？　そういうんじゃないの。珠希さんあなた、ずっと寝てる状態？　起きて、ちゃんと自覚して生きてますか？」

涼子は今日、どうしてもノック音を珠希に向けて鳴らさなければならなかった。

それでもう一度テーブルに拳を当てる。

「夢見がちでシリアスさから逃げて、忘れっぽくて。そうあなた、忘れっぽいのが強みとか思ってません？　かっこつけ？　それで物覚えのいい私なんかは執念深いとか言われる。ていうか私の姉のこと覚えてます？　お姉ちゃんはあなたのこと、細かいところまでいちいち書いてた、日記に」

ノックする。

「あのさ、私の名前は鈴田涼子っていうの。鈴田涼子、鈴田涼子！　よく覚えといて」

テーブルを叩く音に反応してか、涼子が自分の名前を連呼するのに重ねるようにして、隣の和室からの、ノノの起き出した声が聞こえていた。和紙をゆっくり裂くみたいな、むずかるその声。まずい、と涼子は思う。純吾がスツールを降りた。しかし、いったんノノの声は収まる。珠希が腕時計を見た。あともう少しだったのに、とも涼子は思う。

「よっ」と珠希は反動をつけて立ち上がった。「ううん」と背伸びをする。へそを見せる。

「行くんですか？」涼子は彼女を見上げる。

「そうよ、いい加減ね。これから仕事で人に会う予定だし」

「私はまだ足りません、全然」

「それは永久にそうでしょ」

「こうなったら殴り合いするのもいいですよ私は、最後に、決着をつけるために」

ははは、と珠希は笑った。「むちゃくちゃだわね」

部屋の隅に行き、トレンチコートを下ろしてそれに珠希は袖を通す。そしてキャリーバッグを転がした瞬間だった。その車輪の音が響いたせいか、和室から今度は、ノノのほとんど金切り声のような泣き声が届く。壊れたバイオリンでの無理な演奏に似た、か細くも不安定な泣き声を、襖の向こうから響かせてくる。聞こえぬふうに珠希はキャリーバッグを更に転がせる。

涼子も立ち上がっていた。

そして玄関に向かう珠希に、純吾が立ちはだかる。

「ちょっと待て」らくだ色のセーターが大きく壁となる。

「泣いてるよ？」と珠希は純吾の顔を見ずに。

「知ってるよ。見てやれよ最後に。抱いてやれとは言わないから、せめて一目見て、声かけて、泣かないでとか言ってやれよ」

「やだ」

「なんで？　どうして？」

「やだやだやだやだやだ、やだ、やだ！」

そうして上を仰ぎみて、珠希は突然に激しく泣き始めた。

「やだあって言ってるのに、言ってるのに！　やだって、やだって」

涙も流さないで嘘泣きかなと涼子がいぶかしんでいたところにやがて、目に見える大粒の涙を幾条も流し、本当に泣いている。ひきつけのようにもなっている。と、呼応するかのように和室からのノノの叫びもいよいよ、けたたましく際限がないようだった。たまらず純吾は和室のノノのもとに向かった。

向こうから「泣かないでノノちゃん、泣かないで」との純吾の声。

やがて、大人の珠希のほうは泣きやみ、息を整えるよう深呼吸をしている。

「ああ久し振りに泣いた。ああひどい、化粧が」

洗面所に入る。

涼子が玄関に一人立っていた。ノノは泣きやまない。あやす純吾の声。

珠希が戻ってきた。「ああもう」とキャリーバッグに手をかける。玄関の灯りをつける。

「珠姫の大泣き」と涼子が言う。珠希が一瞬涼子を睨む。涼子は、あげつらう口調でもなく平板な声で、

「私、お姉ちゃんの日記を読んだときからずっと、名物の、珠姫の大泣きってやつをこの目で見てみたかったんですよね。だから念願叶った」

「よっぽどお姉さん、私のこと嫌ってたみたいね」

珠希はシルバースニーカーを履いている。こんな派手なものを履いて、これから仕事で

人と会うと言っていたが。

「いやそんなことないです。憧れ半分、畏れ半分ってところ。むしろ純吾さんのことを、好き嫌いのねじくれた書き方してた」

「へえ」スニーカーから目を上げずに珠希は気のない返事。

涼子は独り言のように、

「結局、世界を外から眺めるだけで終わった。私は嫌、違うから私は」

スニーカーを履き終えた。立ち上がる。

「あ」と気づいて涼子が「マスカラ」と言った。「こっち」顔の右側に手を近づける。

珠希が顔を上げて目を閉じる。そこに黒い点となっていたマスカラを涼子が指で払った。

「はい」

目を開け、目をしばたたいてから珠希は、

「一つアドバイスしとくけど」と言う。「純のお父さんお母さんは相当にいい人だから。お人好しすぎるくらい。だから、あの人たちとうまくいかないようならどんな舅姑とも無理だから」

「余計なこと言わなくていい。純吾さんが出てきてお別れのキスでもされることを待ってるんでしょうけど、老兵はただ去って」

珠希は薄く笑う。

そして言う。

「涼子ちゃん。残念だけど私はあなたのお姉さんじゃない」

「は？」

「私はあなたのお姉さんじゃない。私は自殺してない。私があなたを母親代わりに育てたのでもなければ、あなたを捨てたのは私じゃない」

「ああなるほど」涼子は一歩を引いて距離を取る。「まあそういうことは、珠希さんだったら言い出しそうですけど、で、何？　それで私のほうを泣かせようって？　いやいや、でも私はそんな、わかりやすい思い違いなんかしてませんから。それにしても珠希さん、つまらない細かいことよく覚えてましたね。いや残念なのはこちらのほうです。私は冷静です」

「私はあなたのお姉さんじゃない」

「わかったって、しつこい！」

「私がお姉さんの代わりに心配なのが、今日のことが却《かえ》って涼子ちゃんに重い枷《かせ》となったんじゃないかって。私をやっつけるために、いや見事に私を打ち負かしたんだけどその代わりに、責任とか母性とか、心があるかないかとかの言葉を弄《ろう》して、その呪いみたいなワードがやがて涼子ちゃん自身に刃を向けるようになるんじゃないかって。それが本当に心配」

何を急に偽善的な、とすぐにでも反発しようとしたが、どうしてか口が開かなかった。音声が発せられることを喉が拒んでいるふうだった。

珠希が「ほら、ノノがこっち見てる」と涼子の背後を指さした。

振り向いた涼子はしかし、誰をも、ノノの姿も純吾の姿も、そこには見つけられなかった。誰もいなくてそれは当然なのだが、当然という以上に、がらんとしている。泣き声すら消えていた。気づかされる。耳を澄ませる。和室に誰かいる気配すら感じられなかった。

ドアの閉まる音がした。ぱっとそちらを振り返る。

もう珠希はいなかった。

＊

ＪＲ新宿駅東口。暖冬の十二月。夜十時ごろ。階段を降りようとする集団に混じって純吾は、いきなり一人の襲撃者から腕を持たれた。そのまま階段上まで運ばれて、しかし最初にぶつかってきた瞬間から抵抗弱くしていたのは、相手が力の弱い、しかも女性のものらしいというのが触覚や嗅覚で判断できて、それでむしろ動きを合わせて壁を背にするところまで一緒に歩を合わせたのだったが、ダウンコートに身を埋めて見上げてきたその顔が、懐かしの鈴田涼子のものとわかったときには、家にいるノノのことも想起されて、複雑な思いにとらわれないでもなかった。

その涼子が階下のグループに向かって叫ぶ。

「先に帰って！　今日はお疲れさま！」

そしてゆっくり純吾に対峙する。

「いやあ、お久し振りです」

「久し振り、元気？」

「何をもって元気と言うかにもよりますけどね」と、純吾に馴染みのある涼子の言い回しに出くわす。

「飲んだ帰り？」

「そうです。純吾さんは？」

「俺もそう、会社の同僚とさっきまで」

「仕事はまだゲーム会社で？」

「いや今は、別の会社、ソフトウェア開発」

「転職したんです？　なんで？」と迫る。

「福利厚生がいいから」

「そういうお仕事って拘束時間が長そう」

「いや、そういうことちゃんと調べて今の会社にした。サービス残業なし、子育て支援も手厚いし、在宅勤務に柔軟なのもあるし」

涼子は一歩下がった。

その涼子に純吾は、

「鈴田さんは？　元気？」

「涼子って呼んで！　涼子ってそう呼んでくれてたのに」

かなり酔っているらしい。喧噪の建物内に響くほどの声で、涼子がそう言うから純吾は、

「わかったわかった」と答えながら「涼子は最近どう？」と重ねて訊く。

「なあんにもないですよ、なあんにもない」

「まあ、社会人てのは基本そうだよね」

「ノノちゃんはもう何歳になりました？」と訊いてからすぐに涼子は純吾の胸を、ドンと叩き、

「私はひどいことした」

「全然、どこが？」と純吾は答えた。涼子のぼそぼそと言うことはあまり聞こえない。声が大きすぎたり小さすぎたりのどちらか。

涼子が、純吾の胸筋のその厚さを確認するよう指先でつついてくる。「やめろって」と純吾はくすぐったそうに笑う。そして言う。

「なんなの？　かなり酔ってるね」

「そうです。今日は忘年会で、この一年を忘れるための会ですから」

「この一年でなんかあったの？」と問う。

「は？　なんです？」と涼子が聞こえなかったふうなので、張り上げた声でもう一度問うにそちらへの返答ではなく思いがけず、

「ノノちゃんは私のこと恨んでませんか？」と訊いてくる。純吾が涼子と別れたのは今年や去年の話ではない。

「恨むわけない。ノノはそんな子じゃないし」

「ですね」

「でも涼子のこと、ノノはちゃんと覚えてるから。写真なんか見ると反応するし」

「ああ」と涼子も壁を背にして純吾に並ぶ。「今夜泊まりに行ってもいいです？　ノノちゃんに会いたい」

「いいけど、今日は俺の親もいるよ」

「あ、そうですか」涼子は照れ笑いをする。「じゃあまた今度。ていうかなんで連絡くれなかったんですか？　私、純吾さんから連絡あるかもしれないって、だから電話番号変えられなかったんですから」

「番号変えないといけない事態にあったの？」

その質問にもまた答えず涼子は、

「また以前のように仲良くしたいなあ。純吾さんとも、ノノちゃんとも。いちいち面倒くさくない関係を、これから築いていきたい」

純吾が言う。

「俺は得意よ。異性との、ただの友人関係。涼子も覚えてるかな、陶芸家の鶴見巴香ってのも、長年の友達でいるし」

「覚えてますよ、もちろん」

「向こうの夫婦ともまた会いたければ、そういう場を持つから」

「それはいいです、遠慮しときます」

あっさりしたそれだけに本気らしい回答に、純吾は思わず笑ってしまい、

「じゃ、ま、ノノには会いに来てよ。ノノは、ていうか子供は、しばらく会わなかったら

劇的に違うから。ぜひ来てよ」

「必ず行きます、ていうか伺ってもいいんですか？　連絡してもいい？」

「いいさ、いいに決まってる。それこそ連絡先も住所も俺はいっさい変わってないし。まあ、友達で。無難で安全なお友達になろう。俺はそういうの、得意なほうだからさ」

「友達友達って強調されるのも、なんか嫌です」

「どうしろって言うんだよ」純吾は笑う。

それが二度目の、涼子との始まりだった。その二度目は、一度目のときに比べて長くは続いたが、それでも永遠に続くということもなかった。

3

伊豆のその家を訪問するのは、純吾にとって初めてだった。東京の家を引き払ったあとの、光介と巴香の夫婦に会うのも初めてのことだ。

二人とはまず、大室山《おおむろやま》のふもとの、さくらの里にて、花のほとんど咲いていない葉桜の丘を歩く。九月下旬。しかし紅色の十月桜と、ちらほらと白い花を小さく付けている冬桜とが、却って鮮明だ。

多くの葉桜、しかも枯れの黄色が混ざるようになっているそれらの向こう、広大な里の先にようやく花の色を見つけたとき、純吾は感嘆して、

「千利休のあれみたい。あれ、朝顔一輪だけのエピソード」と言っていたが、

「あんな陰惨な話と一緒にしないでよ」とサングラス姿の巴香は言い返す。髪はベリーショートになっている。「まあ今の時期に来てよかったよ純君。観光客も少ないし。シーズンオフの平日には私もよく来る」と、この伊豆の土地に愛着は芽生えていたようだった。

しかし巴香は、歩いてすぐのところに登山リフトの駅があるのに、目の前にそびえる大室山の頂きには一緒に行かないと言う。

「ちょっと家に戻って用事済ます。迎えに来るから終わったら連絡して」

「わかった」光介は答える。

「純君」サングラスをずらして目を見せて巴香は「またあとでね、ビールもありがとね。冷やしとくから」と微笑みかける。そして駐車場に向かった。

男だけになって二人は、リフト駅前の鳥居をくぐる。

「巴香は仕事?」と純吾は尋ねた。

「いや、そうでもない。今はそんなに忙《いそが》しない。それよりもあいつは極度の高所恐怖症でな」

「ああそっか」純吾は思い出す。

「せっかくやからって一回だけ夫婦でここに来て、そのとき、山の上でも緊張しとってんけどこのリフトの、あっちの下りのほうでやな」と光介は隣のリフトを指さす。「途中でリフトが止まってもうてん。一分か二分かそんなもんやったと思うけど、あいつは身を固くして泣きそうな声で、もう無理絶対無理、とか唱えてんの。すぐにまありフトは動き出してそれで下に着いてから係員の人に、なんで途中で止まったんですか？　って詰め寄っていったら、車椅子のお客様がいらしたんです、ってカウンター食らって撃沈」

話し始めこそ気乗りしたものだったが後半はもう義務のようにして、抑揚ない早口で光介は話し終えていた。口を閉ざしてリフトで足をぶらぶらさせ、隣の純吾とは反対方向の、すすきが斜面に群生して流れているほうを見る。リフトは鋭角に、曇天の空に向かってゆっくりと進む。設置カメラから「記念写真はいかがですか？」とのマイクを通した声がするも、光介は無言で手を振って拒みを示した。

円錐台のその中心に、かつての火口としての窪みができている大室山。その緑一面に蓋をされた窪みの台地では、アーチェリーを有料で遊べる。二組ほどが的に向かっているのが小さく見下ろせた。ひっくり返したお椀のふちのような遊歩道を二人は歩く。白い舗装道路。風が強い。

「光介、仕事は？」今更ながら純吾は尋ねた。

「レストランのほうは休み取った。家庭教師は、今のとこは土日が休みやし」

「大変？」

「まあ、社会人経験の皆無やった男やからなあ。引きこもり生活から再出発、みたいな気分で日々やり過ごしとるよ」

数メートル歩いたところで二人は立ち止まっていた。またも別方向を見る。純吾は足元の彼岸花を見て、光介は相模灘《さがみなだ》に浮かぶ初島を見るともなく見ている。

光介が、

「主夫であることが死ぬまでの自分やと思っとったのに、まさかこんなことになるやなんて」大きく舌打ちをする。「とことん俺は、社会人生活が怖かってんやなあって、そこを避けてたんやなあって、最近しみじみ思う。よう知らん他人に怒られたくない、注意されたくない、よう知らん他人とそもそも長く一緒にいたくない」

「それはだいたい、みんなそうだよ」

「でも、だからって主夫業が逃げ道なだけやったとも思わんよ、俺は。誇りに思ってた、とまでは言いすぎかもしれんけど、胸を張って開き直れるぐらいのプライドはあるよ、あったよ、俺にも」

「わかるよ」

「あの時代の俺は、そうして巴香を支えて生きてた」

「もちろん」

「まあでも、今でも家事のだいたいは俺がやってるんやけどな」

「そう」

「あいつはなんにもできへんから、しゃあない。だから俺の仕事のある日だけは、俺の買って帰るコンビニ弁当で我慢してもらってる。それでもあいつは文句一つ言わん。そもそも最近は、自分が家事しないで済むんやったら、よっぽどのことでも我慢しよる」

促すように先を行く純吾に、後ろから光介は、

「巴香変わった？」

「全然」すぐさま答える。

小走りで横に並んで光介は、

「太ったと思えへん？　ちょっと二重顎っぽく」

「髪型のせいじゃない？」

「白髪も目立つようになって」

「苦労したから」

苦労したからの言葉に光介は少し黙る。そして、

「俺は？　俺はどや、変わったか？」

「変わった。老けた」すぐさま答えていた。

「どこがよ」と光介は質問しておいて心外そう。「どこが？　どこがよ」

「全体的にもう」と光介の全身をスキャンするように手を上下する。「老いさらばえた」

「さらばえた！」絶句した、ふりをする。「さらばえちゃったか、そうかあ。じゃ、しゃあないな」

　空に向かって純吾は笑う。ようやく笑えた。

「おまえは変わらへんなあ、見た目」

「そうか？」

「全然変わらん。やっぱ身体鍛えとった人間はちゃうわ。せめてハゲてくれ」

　また純吾は笑う。

　リードで犬を連れた家族とすれ違う。

「なんか久しぶりすぎて、全然違う世界で再会した、みたいな感じやなあ」

「そう？」

「ていうかおまえはどこまで知ってんの？　俺らのこの、没落の顛末《てんまつ》」

「没落って」苦笑いするしかない。

「俺らのっていうか、鶴見家のやけどな」

　済ませておかなければならない話題をするにはこの別天地でよかったと、海を行く小さな点としてのヨットを見ながら純吾は思う。

「まあ、前に話してくれたじゃん」

「やねんけど俺、誰にどこまで話したんかもうようわからんくなってきて」

「横領のことは聞いたよ。作品流出も」

「お、聞いたか、言ったか」

光介にとっての義理の父、巴香の父のこと。高名な陶芸一家の自身も名を成した陶芸家で、古いタイプの芸術家肌の人だったためか、法人の共同経営者の人間が財産をほとんど使い込んでいたのを気づかないでいた。あるいは現実を見ないふりしていたのかその父自身も金遣いが荒く、多角経営も失敗続きで結局、法人は解散。家の財産も何もかも失われ、巴香や周囲の人間の気づいたころには借金だらけであり、その上、その父の作品の多くもすでに売却されていた。横領していた人間は行方知れずで、また見つかってもお金が戻ってくることはほぼない、ということだった。

「まあ順番としてはお父さんの莫大な浪費が先で、横領されてたんが後やねんけど。ともかくそんでお父さんは脳梗塞で倒れて、自分だけ恍惚の人になって施設へ入所。おかげで巴香のなけなしの金までパーやわ。残り全部すべて、ほとんど。ってまあ、俺の稼いだ金じゃないからそれはええねんけど」

「巴香も大変だよな」

「そやな。実際、当時はまあ忙しいうちはまだよかってんけど、一段落ついたあとやな、まあ他にもいろいろあって、気落ちというか無気力状態がやばかったわ」

「せめてお母さんがな」

「いや、それはどうかな。お母さんが生きてはったらそれで巴香の負担が減ってたか、あるいは余計しんどかったか。巴香本人は、こんな現実見せることなくてよかったとは言うとったけどな」

八体並ぶ地蔵の前で光介は賽銭《さいせん》をあげ、手を合わせる。純吾は説明書きの立て札を読む。

「海上安全・海難防除・大漁祈願」とある。

祈りを終えた光介に純吾が、

「おまえのとこのお父さんお母さんはお元気か？」

「ああ、元気でようやっとる。おまえの話もたまに出る」

兵庫県明石市の漁港に近い、光介の実家には学生時代に泊まりに行ったことがあった。

傾斜の上がる道を歩きながら、光介は話題をまた元に戻す。

「結局残ったんは、伊豆の山奥のあの家と窯場だけや」

「そうか」

「そんでやな、俺たち夫婦は」と言ったところで光介は唇を噛む。立ち止まり道の端に寄る。舗装された白い道をざらざらと擦《こす》る。

数秒待っても先を続けない光介の、その言葉を継いだつもりで純吾は、

「相変わらず口喧嘩ばっかりか？」ちょっと笑いに紛らせたいように。

しかし笑いごとでないふうなのは、光介のぐっと耐えているような表情から察せられた。

「いや、その時期はもう過ぎた。今は会話そのものがない。お互いに、変に気を遣いおうてる感じ」

「じゃ、前よりいいんじゃない？」いたたまれない雰囲気へ流れることに、純吾は少しでも抵抗したい。今日はこれからまだ長い。

「そうとも言える。そやけど、息が詰まる。あいつはあいつで、俺に妙に申し訳なさそうにして」

「お父さんのことで？」

「あいつ、巴香は浮気しとってん」

純吾は、そのままに身体を硬直させていた。まるで予想していなかった展開だ。聞き違いかとも、たちの悪い冗談かとも感じた。しかし、純吾の視界の端で光介は、へこたれたふうな笑顔をちらつかせてきながら、

「ほんまやで」と念押ししてくる。

それから、なんでもないことのように装って、

「でも、もうその話は俺たちのあいだでは、ほぼほぼ決着ついとって、だから巴香はそれを、俺の口からおまえに報告させたかったんもあるんやな、自分のいないところで」

「いや、別に言わなくてもいいのに、わざわざ」

「そういうわけにもいかんやろ。ていうか俺らが言いたかってん。俺らが、俺らだけの問題としてこれ抱えてゆくにはあまりにも重ったるくて、だから純吾にも共有してもらいたかったのよ」

「巴香も同じ意見ってことか。俺に知っておいてもらいたいって」

「そう」

純吾は息を吐く。

「ということは別れないんだな？」

「そう、離婚はせえへん」

「別居したりも？」

「しない。まずその余裕が、経済的余裕がないってのがあるんやけど」

純吾はかぶりを振る。二人は歩き出す。

「それにしても、あの巴香がそんなこと。いつの話？」

「いろんなことが起きる前から、あいつのお父さんが施設に入るぐらいまでの一年間」

「じゃあいちばん大変なときに」

「そう、捨てられた」

「どうやってわかったの？」

「巴香が自分から告白してきよった。その男に無惨に捨てられてから、どうしようもなく精神的に壊れそうになって、で、だからって、よりによって夫の俺に助けを求めてきた。罪悪感もあるし、たまらない寂しさもあるしって。ずいぶん自分に都合のいい話やな」

「でも許したんだ」

　八重歯を見せて光介は自嘲の笑いを示す。

「そやけど俺もアホな男やで。浮気されてたことも気づかず、んで告白されても告白された以上のことを問いただささへん。だから、相手がどんな男かも、いまだに知らん。年上なんか年下なんか、俺の知ってる男なんかどうかもわからんまま。なんでって俺の性格からして、この先も巴香とやっていくからには、余計なことは訊かんほうがいいって、わかりやすいくらいわかってるから」

「決めたんだなそれで、巴香と一緒にいるって」

「まあ俺も、ここで急に一人放り出されんのも厳しいし、ぶっちゃけ巴香の陶芸の収入があれば、今はもうかなり減ったとはいえ、それでも生活の足しにはなんぼでもなるし、俺一人の稼ぎなんて、俺一人すらよう食わせられん。なんの資格もない、こらえ性のない俺にいったい何が社会に役立つことができんねん。でも、巴香の芸術を支えるため、っていうんなら、俺にだって社会的役割が出てくる。そんでその役割がまあ、わりと好きなんもある。気に入ってる」

「愛情は？」

「愛情？　ふざけんなや」わざと声を張って強がって、しかし弱々しく唇の端を歪ませる。

「まあ情は移っとるかな、もうべったりと。そやから、そない簡単に別れることも、なんか忍びない。だってそんな味気ないことできるか？　こんな長年連れ添って、言いたい放題言い合って。もちろん、もちろん気持ちの悪い話やで？」

若い女の子の二人組が近づいてきて光介は黙る。彼女たちが充分に離れてから少し声を落として、

「なんやねん浮気って。ほんまにないわあ、ほんまにない。そやけどな純吾、これ、ここだけの話やけど、巴香には絶対言わんといてほしいんやけど、俺、実はそんなに生理的嫌悪感ってのは、強く持ってないねん。って口に出して言うとそれは自分でも即否定したく

なる嘘になるんやけど、でも言葉にせえへん実感としてはそうかもしらん。巴香への生理的嫌悪感より、むしろあいつが怖い」

「なんで光介が怖がんだよ、逆だろ？」

「いや、俺にはもうあいつがわからん。わかってたつもりやったんやな。でもあいつは俺以外の他の男に、今の俺には見せへん顔を見せてたってことや。付き合いたてのころに見せてた俺もよう知ってる愛情に満ち満ちた顔、それだけやない、俺には一度も見せたことのない表情や笑い方、尊敬のまなざしや媚びなんかも見せてたかもしらん。わからん。もう謎や。俺は、信じてた、なんて強い言葉は使いとうないけど、それもまた誇張した嘘やから、でもなんとなくぼんやり、ここにあると思ってた足場がなくなってもうてた。だからもっと言えば、俺は巴香が怖いというより、もうあいつが信じられへんっていうより、ただただ俺自身が不安。俺の今後の判断がすべて、どんな小さなことでも、当たり前ってこれまで確信していたことでも、必ず間違ってるように感じてしまう。だって、もう足場がないんやから」

純吾には答えるべき言葉がない。ただそれでも絞り出して、

「あんまり考えすぎるな」と、そして自分で自分の受け答えにうんざりする。

「おまえはどうや純吾。珠ちゃんや、あるいは涼子ちゃんでもいいけど、相手のことがよ

うわからんくなった瞬間ってないんか？　そういう不安感」

そりゃあるよ、と答えたかった。しかしよくわからない。

「わかんない。俺は、知ってると思うけど人間関係に執着あまりしない男で、だからまあ、そこを買われてあの珠希にピックアップされたり、あるいは涼子に対しては気の毒な、寂しい思いをさせた、かもしれない」

そして黙る。歩く。青空が川の支流のように覗けている曇天。富士山は見えなかったが代わりに、矢筈山《やはずさん》という愛嬌のある、神話の巨象が顔だけを出してそのまま苔むしたような山を見られただけで、観光用の目の楽しみとしては充分だった。

遊歩道も最後のほうで再び、今度は五体の地蔵があった。光介はまた賽銭を入れ、手を合わせる。説明文には「安産と縁結びの神様」とあって純吾は目を背ける。

「あ、そうそう。これ訊きたかった」と純吾は思いつく。「巴香の作品のほうはどうなっちゃってるの？　今回のことでの影響？」

「いやそれはまた別の話やな、と思う。これもまあタイミング悪いというか、あいつはあいつでちょうど、転換期やったんよ。芸術上の」

「うん」

「まあ俺がうるさく言いすぎたってこともあるんやけど、そのことではまた別に、別の話として俺はもう、最近申し訳なさでいっぱいやねんけど、俺なあ、巴香がイケイケやったころに、あれは俺もその雰囲気にのぼせとったんやと思うけど、無自覚に無反省に、巴香の作品の批判ばっかりしとったんやけど」

「でもそれが日常だったじゃん。巴香も過激に言い返したりして」

「そうなんやけど、今考えたらあれはあれで、巴香は右から左で聞いてないふうでいながら実は、じわじわ効いとったんやな。俺のほうはただの売り言葉に買い言葉のルーティンになっとったんやけど、悪いことした」

「悪いと思ってんだ？　意外」

「というのもやな、結果、伝統系に回帰した巴香の最近の作品はまったく個性もなくなってやな、売れなくなった、っていうどころか見向きもされなくなった。まあスキャンダルもあったし、悲しいかな、これは巴香自身の言葉やねんけど、家の名前で売ってた女流作家がブランドを使えなくなって若くもなくなったらそりゃ人気凋落も当然、やって。ある種の鰯《いわし》の頭も信心みたいなところが陶芸だから、って」

「そこまで言うほど裸の王様じゃないだろ、巴香は」

「それ以前俺、巴香に言ったことある。おまえは裸の女王様やって。ひどいこと言ってたわ、ほんま。とにかくもう、俺にはわからん。もうそっち方面では何も言いたない。だって当時やって俺のアドバイスはまあ本気やったよ、真摯な気持ちからやった。でも、まったくの的外れで逆効果やった。悪いと思ってるよ、心から」

「悪いと思ってる、って言われるのが何よりも屈辱よね」と、今度は助手席に座っている巴香は言う。

ふふ、と純吾は笑う。ようやくちょっと元気が見られたとも安堵するのだがしかし、そのままの勢いを巴香は持続させない。窓の外に目を向け、黙る。運転席の光介も口を一文字に結んだままだ。

大室山周辺の観光を終えた二人を、巴香は迎えに来ていた。運転は自分が代わると光介が求めていた。彼には目的があったのだ。あまり気が進まないながら。ますます家とは反対方向に車を走らせている光介に、巴香は、

「駅のほうって、どこまで?」

「もうすぐ。純吾のリクエスト」

「ふうん」

そして車を止めた。花屋の前だった。巴香もよく利用する店だ。「じゃ」と純吾一人だけが降りる。車内で夫婦は何も言葉を交わさない。

やがて純吾が戻る。ピンクとオレンジのガーベラに、赤バラ、ユーカリの葉にヒペリカムの実、などをアレンジした花束を手にしていた。彼がミニバンの後部席に乗り込むまで巴香はそれを、先に貰った地ビールとは別の、追加の手土産のようなものとして理解して、男らしくもない、しかしどこか純吾らしくはある色めいた気遣いにちょっとした、からかいの視線を浴びせてやろうと待ち構えていた。

しかし、巴香にその花束を手渡しながら純吾が次のように言ったのは、本心より思いがけないことだった。

「巴香、先週誕生日だっただろ？　十六日」

花束を膝に抱え呆然としている巴香は、どんな表情を浮かべればいいのか顔を上げることもできず、ハンドルを握る自分の手をじっと見ているだけの光介は、車を発進させるタイミングがわからない。

純吾一人、風呂を先に済ませていた。一階のそこは古いタイル張りで、この家屋全体の狭さからはバランスがおかしいほどに広かった。その広さのせいで陰気で寒々しかった。事前に光介から、でっかいムカデ出るから気をつけえや、と脅かされていたのもある。

築百二十年という木造日本家屋。

三人のいる部屋を照らすのは、対角線上に置かれた二つの電球。そこは食事の場と巴香の仕事場を兼ねている。奥には作業台と電動ろくろがあり、成形した器を置いて乾かすための棚がそのすぐ横にある。本来の食堂は、巴香の作品や桐箱が数多くに敷き詰められていて、足の踏み場もないくらい。その食堂ほどではないが、他も玄関から階段に至るまで、段ボールやら新聞の束やらが並んでいる。寝室はその階段を上がって二階にある。純吾は先にその二階に、自分の荷物を置いていた。

光介と純吾が並んでソファに座る。光介がそこに座るのは、台所にすぐ立って入れる位置だから。巴香は彼らの向かいの、奥の作業台に近い位置の、籐椅子に座る。脚の低い一枚板のテーブル。それは東京の家から持ち出された物らしい。純吾にも見覚えがある。そこに料理が並べられる。

金目鯛の煮付けを中心にした和食が振る舞われた。だし巻き卵の一品だけは、巴香が作っていた。

「おいしい。やればできんじゃん」純吾は巴香に陶製コップを掲げる。その卵料理の味に関しては、お世辞抜きでおいしかった。見た目はちょっと崩れていたけど。

「これで料理のおもしろさに目覚めるかもよ」

「全然」と巴香は言った。純吾の陶製コップに、缶から地ビールを注ぐ。「でもこれで私は料理が好きじゃないだけで、苦手ではないことがわかった」

だし巻き卵の一つぐらいで偉そうにすな、とでも以前の光介なら言いそうなのに、何も言ってこない。ふてくされたり不満を露わにしたりしているわけでもないが、純吾は拍子抜けする。先ほどからそんな調子だった。お互い遠慮が透けて見える。毒舌に昔の調子が戻ってきたかなと思う瞬間はあっても、長続きしない。どちらかが寄せればどちらかは引き、どちらかが笑いかければどちらかは表情を引き締める。

食事は済まされ、食器が片付けられた。すぐそばの台所も他と同じように荷物置き場と化して、大人一人しか立つスペースがないようだったから選択の余地なく、純吾は手伝わずに座っていた。

「それはそうと純君」と巴香。

「何？」

「ノノちゃんの話、もっと聞かせてよ」

「さっき散々したじゃん。スカイプもしたし」

「ノノちゃん、あんなに喜んでくれると思わなかった」

「だからって巴香も泣かないでも」

「歳なのよね。もうね、最近は涙腺緩んじゃって駄目」

そう言う巴香は、目の周りに細かい皺が増えていた。太ったと言われても、それは以前が痩せすぎだったのだ。

「ねえ純君。あれってやっぱりさ、ノノちゃんは私たちのことを、巴香おばちゃんと光介おじちゃんって、認識してるってことなのよね？」

「だからそう言ってんじゃん。いつも巴香たちからの電話を、ノノは本気で喜ぶから」

「ああ嬉しい。本気で嬉しい。ねえ、しつこいけど、なんで今日はノノちゃん連れてきてくれなかったの？」

「いやいや、来てたら大変だったから。知らない新しい場所なんて特に。二人だってまったく知らないわけないでしょ？　あの子の騒ぎっぷり」

んん、と小首をひねって巴香は返答をごまかす。

「あそこの巴香の作品なんてまず壊して回るから、すごいからもう、あのパワーは」

「じゃあ今日お父さんお母さん、ぐったりなんじゃない」

ノノのため今日は純吾のマンションに、近くに住む純吾の父母が泊まる。

「いやまあさすがに慣れてきた、と思う」純吾は言う。「実家が近くにあって本当に助かってる。親には感謝してる」

洗いものしながら聞いていた光介が、戻ってくる。プルタブを開けて新たな缶ビール、純吾がこの伊豆に着いてから買っていた地ビールを、喉を鳴らして飲む。

「しかしノノちゃんは特別やわ。インパクトが強い」

「さすがは珠希の娘だろ」

「そんなん言わんといてや」純吾の隣に座る。

「そうよ、ノノちゃんの話のときに珠希のことなんか持ち出さないでよ。腹が立つ」

「まあそう言うなよ」

「かばうんやな？」

「そうじゃないけど、月日がね、経つとさ」

「今でも会ってんの？」

「涼子と別れてからは、たまにね。日本に帰ってきたときなんかは向こうから連絡あって」

「でも娘には会っていかない」

「まあね」

「冷血よね。貫くよね」

「アメリカではうまくやってんの？　珠ちゃん」

「かなりうまくやってるみたい。ま、あいつは語学の天才だから。トライリンガルの上はなんて言うんだろ」

「恋愛とかしてるんやろか」

「それは聞いてないな。巴香は知っててんじゃない?」

「え?」

「だって会ってんでしょ、珠希と」

「え? なんでそれ知ってるのよ」

「珠希が言ったから」

「それ黙っといてって言ったのにあの子はまったくお喋りなんだから! あんだけ頼んだのに」

憤慨、というような巴香に純吾は高く笑い、

「別にいいじゃん。むしろなんで隠すの?」

「だって」

「いやいやちょっと待って。俺知らんかったわ。ていうかなんで俺にまで嘘をつく?」

「嘘じゃなくてただ言いにくかっただけよ、なんとなく」

「んな」

「珠希と仲良くすると俺が気分害すると思った? いや巴香、そんなことないから。気を

遣ってくれてありがたいけど、大丈夫だから。そもそも俺が知り合うより以前からの親友なんでしょ」

「そうよ、純君が私たちのあいだに割り込んできたのよ」

「なあ今度は俺も連れてってや」

「嫌よ」

「なんでやねん」

純吾は笑う。ああだんだん調子が戻ってきたかなと、嬉しくなる。

「ていうか実際どうなん？　珠ちゃんの最近の恋愛事情」光介は巴香に尋ねる。

「やっぱり欧米人のほうが合ってるみたい、あの子には」

「まあ、そやろなあ。てことは当初の目的どおり、人生を謳歌しとる？」

「そうだね」と純吾。

「悔しいけどね」

「なんで悔しいんだよ？」と純吾が苦笑しながら巴香に。

「だって、珠希は高校からの親友だけどそれとは別に、ノノちゃんにしたことを考えたら、男に騙されて無一文になって泣きながら日本に出戻るとかすればいい、ぐらいのことは願うわよ」

「怖い女」

「光介は何も思わないの？」

とっさに光介は、面白いことを言おうとして言葉が出ないふう。

代わりに純吾が答える。面白いことは言えないが。

「例えばそれで珠希が戻ったとしても、ノノの母親には収まらない、だろ？」

「まあね、そうだろうけど」

「そやそや！　純吾？」光介が自分の膝を叩く。

「何、急に」

「涼子ちゃんとはどうなん？　またの復縁はないんか？」

「ああ、それはもう、ないね」

「ていうかなんでおまえは、おんなじ女と何回も、くっついたり別れたり、またくっついたりするんやろ。どういう育てられ方したらそうなんのか、今度お父さんお母さんにじっくり伺ってみたいわ」

「育て方関係ないだろ。ていうか珠希と涼子だけだし、そんなのは」

「それより純君、純君のほうこそ新しい恋愛は？」

「ないよ。ていうかその、涼子とのことでわかったことがあるんだけどさ」

「うん」

「ノノのことがあって、そうなると女の子は別れづらくなっちゃうんだよね、俺と」

「んん？　付き合いづらくなるんやなく？」

「それもあるけど、つまり、入口も出口も狭くなる。というか、いずれにせよ相手に、余計な倫理観を迫っちゃうのよ。ここでこの男を捨てることは、あの幼い、手のかかる子から離れたくなったからじゃないか、そうじゃないってどうやったら証明できるだろうか、みたいなね」

「ええ？」

「そういうのって、相手にかわいそうだなって。だからちょっと、恋愛には及び腰になるよな」

「考えすぎじゃない？　それに別に、シングルファーザーなんて今どき珍しくもないし。その程度のことで引け目感じたり臆病になったりしなさんなよ」

「そやそや。それに涼子ちゃんとは一回、より戻したんやろ？　一度あることは二度目もあるんちゃうの」

「そもそも一回目のときは付き合ってた期間が短かったからね。ノノとの関係性も全然浅かったし、ノノもまたあのころは、全然小さくて病気がちの子だったから」

「まあさ、とにかくノノちゃんには母親が必要なのよ。私はそう思う。これが古い価値観の押しつけだとしても」

玄関に置いていた巴香の、母の形見の日傘を純吾は思う。

「結局、私たちに子供はできなかったし」

言い終わってから急に巴香はうつむき、目尻の涙の玉を指先で払う。

純吾が、

「わかんないけど、いろいろあったにせよ、望みがあるなら諦めるのはまだ早いんじゃない？」

「いやもう疲れたの私が。光介にも悪いし」

「まあ諦めたんやわ。単純な話として諦めた。かかるお金も馬鹿にならんし」

「そうか」

「疲れちゃった。ほんとにいろいろ、他にもいろいろ疲れた。光介にもほんと悪いことしたし、親子揃って本当に悪いことした」

語尾のほうでもう巴香は泣き出していた。顔を手で覆い、声を漏らす。光介は慰めるようなことを言わない。純吾は炭酸の抜けたビールを飲み干す。

夜が更けるほどに、秋の虫の音はすぐ近くに騒がしい。古い家の構造のせいもあるのか。

作業台の前の磨りガラスの文様は、純吾を懐かしい気持ちにさせていた。

巴香が泣きやむのを待ってから、無難な話題として、しかし本心からの光介への称賛の意もあって、先ほど食べた金目鯛の煮付けがいかにおいしかったかということを純吾は、彼らしくもなく詳細に、レトリックを駆使してまで語る。

すると、まるで告白するとでもいうように光介は、煮付けのタレは実は知り合った地元料理屋の人から、伝来の継ぎ足しのそれを特別に分けてもらった、と言う。

「いいじゃん、いい話じゃん」と純吾。「あんなに閉鎖的だった光介が、いい傾向だよ」

「そう、いい話ばかりでもないねんけどな。人付き合いは、やっぱ神経遣うし気分悪い目にも遭うし、しんどい、めんどい。でもその面倒さがまた、実利だけじゃない、ええ思い出や無償の助け合いにつながったりしてるのも、まあ事実なんやけど」

「いいじゃん」

「まあ三対七かな、しんどいほうが七」

「充分」

「いや二対八か」

「俺だってそんな」

「あ、ごめん一対九やった、やっぱ」

「もうどっちでもいいよ！」

そして二人して笑う。純吾はそのまま巴香に向かい、

「巴香だって、こっちの陶芸家の人たちと、交流するようになったんだろ？」

「交流？　まあ、あれを交流って言うんだったらそうね」

「それで、情報交換とか、陶芸教室での講師の職を紹介されそう、とか、いろいろあるんでしょ？」純吾は事前に光介から聞いていた。

「まあね。まあでも光介の言うように、単純にいい話ばかりってわけもなく、私の場合は特に名が売れてた過去があるから、おかげで話が通りやすいこともあれば、面倒だなって思うこともある。それにまあ私の、どうしても表に出てしまう傲慢さというのもあるでしょう。私たちの感じ方、受け止め方の問題が大きい。だから、貧乏に落ちぶれて田舎暮らしをするようになってから本当の人間性を取り戻しました、みたいな単純ストーリーでは終わらないわけよ人生は、私たちは、私は。純粋に掛け値なしに、昔の華やかなりし時代のことが心臓摑まれるぐらいに、ぎゅうっと懐かしくなったりもするし、ああいう場こそ私のいるべき場所だって思ったりもする、今でも」

神妙な面持ちで純吾はうなずく。

「それでも私の場合は、四対六ね」巴香はまだ鼻声が残っていながら、誇ったように言う。

「私はそのへん、うまく立ち回れるからさ」

光介が立ち、隣の部屋の冷蔵庫を開けて純吾に、ビール以外にも酒あるから何か欲しいのあったら言えよ、と呼びかける。何があるのか純吾が問い、それには巴香が、

「日本酒がある、日本酒」と甲高い鼻声を上げる。

「声が震えてるから、さっきから」と純吾が微笑む。

巴香自身も照れ笑いしながら、まぶたの上から目の周りをマッサージしながら、

「いいお酒なのよ、地元のお酒。いただき物。光介は日本酒苦手だし」

「いいの？　光介」

「ああ遠慮せんと飲んで飲んで。俺はおまえの買ってくれた地ビール飲むわ。こんなん自分では買わんし」

純吾が「じゃあ、せっかくだから巴香の作品で飲みたいな」と要望すれば、

「いいよ、ぜひぜひ！」と弾かれたように巴香は隣の、作品保管室に駆け込み、そこで物音を立てている。どうやら日本酒を一升瓶から徳利《とつくり》に移しているみたい。

徳利と、竹の茶碗籠を巴香は持ってきた。籠には無造作に、ぐい呑みが多く入れられている。純吾は、桃色に白の釉薬《ゆうやく》が艶っぽい志野《しの》を選ぶ。巴香がお酌する。飲む。おいしい、と、びっくりした表情で巴香を見る。でしょ、という表情を巴香は返す。

「できれば金目鯛と一緒に飲みたかったこれ。ビールじゃなく」

「ああそれは気いつかへんかったわ、俺が日本酒飲まんから。すまんすまん」

巴香はまた立ってティッシュ箱を取って、鼻をかむ。

光介が、

「だったらさっきの、そうめんかぼちゃとジュレがまだ残っとるから酢の物、また作るか？」

「ああいいね」

「巴香は？」

「私はもうたくさん」

それで、わかめときゅうりも入った酢の物が、光介の手早さによって供される。

同じく台所から光介が持ってきたのが、ポテトチップスの袋だった。

「ビールにはな、やっぱこういうのやろ」

「昔はそんなの食べなかったのに」

「ねえ」巴香も同意にまぶして不満を表する。しかし強圧的なものではない。

「自由の味や」

光介は開けた袋から二枚を口に放り、ビールで流し込む。と、そのまま玄関から外に出

た。この家は、風呂は屋内にあるがトイレは屋外にある。巴香は平気なのか純吾は繰り返し訊いていたが、

「どうにもならないし、だいいち私んちだし」と彼女は答えていた。もう泣いてはいなかったがそれでなくとも細い目が、更に小さくしぼんでいた。「こんなんでもね、子供のときに私名義のおうちがある、それが伊豆の山奥にあって年に五千円の家賃収入が私のお小遣いになる、って聞いたときはね、嬉しかったなあ。お父さんも、あれはどういう気まぐれだったのか」

巴香は足を組み、思い出すように宙を見て、

「月じゃなくて年間で五千円っていうその安さもわかってなくて、というかむしろ金額じゃなくてそういう収入のあること自体が嬉しかった。それで、そのときめきもいつの間にか忘れてさ、お金あるうちにリフォームでもしときゃよかったんだけどね、まあ長いあいだ人に貸してたから」

光介が席を外しているうちに、巴香のほうの見解も聞いておこうと純吾は、

「それで巴香、お仕事はどうしちゃったの？」と問う。彼女が選んだぐい呑みは、徳利に合わせての織部《おりべ》で、その若草色の器に純吾が酌をする。

一口含んで巴香は、

「まったく駄目」と手を振る。

「何があったの」

「スランプ、かな」彼女が自身でそう言う。「あるいはもともとが、才能なかったか」

「あるだろう、巴香は」本心だ。個展などで実物を目にしたときも、雑誌で写真に収められたそれを見たときも、とても立派で高雅だと、強い敬意の念すら抱いたものだった。今だってこの目の前の織部の徳利は、翡翠《ひすい》のように緑が輝き流麗だ。

しかし巴香は、

「才能なんてあると思えばあるし、ないと思えばない。要は、継続できる気持ちがあるかどうか。でもその情熱も涸れちゃった」

「光介のほうはまだまだみたいだけど、情熱」

「情熱？　なんの？」

「巴香の芸術を支えていこう、っていう情熱。その役割を、社会的役割って言ってたかな？　それを、結構気に入ってるって」

「そんなこと言ったの？」薄く笑いながら巴香は、ちょうど戻ってきた光介に訊く。

「光介、情熱があるの？」

「何が？　なんの話？」

「私を支えようっていう情熱。あるんだ？」

「さあ」光介はごまかす。

「まあそんな気持ちに、今の私が応えられるかどうか。浮かれた陶器はもう気分じゃないし、そうじゃないのは、どうしたって父親の影がちらつく。いやそうじゃないな、結局、クラフト系の手の癖が抜けないんだな。だから、駄目」

純吾が言う。

「でも俺、巴香の作品好きだけどな。いや、おべんちゃらじゃなく。昔の、現代アート寄りの作品だって、あの白磁《はくじ》の花瓶もそうだけど、俺はいいと思う。素晴らしいと思う」

贈ったガーベラが今は活けられてあるその白磁花入は、巴香の学生時代の作品で、彼女自身のお気に入りでもある。純吾が見て感じるところによればそれは、骨まで削ぎ落とされ、冷艶で、向こう見ずで、その若さが恐ろしいような、確かにこういう巴香を知っていたと懐かしい気にもさせるような花器だ。

にんまりと巴香は笑う。

「純君てさ」

「うん」

「変わんないなあ、って思ってたんだけど、まあそれは、見た目だけのことで中身のほうは、ちょっと変わったよねぇ」

「涼子ちゃんの影響やろか」

立ち上がって巴香は、作業台の前に置いていた白磁花入を持ってきて、それを一枚板のテーブルに置く。

「涼子のことで思い出されんのは」純吾はそのガーベラと白磁を見ながら。

「お、涼子ちゃんの話か？」光介が茶々を入れる。ビールがいよいよ回ってきたようだ。

「俺はなんか今日、涼子の話をしに来たような気がする」

「なんで彼女？」

巴香に徳利を傾けて純吾は、

「さっき言ったように、俺と別れることがそのままノノを捨てることに、つながるような、混同しちゃうようなそんな苦しみが、実は涼子から見て取れた。別れるまでの最後の数か月、数週間くらいはね。でも、そうじゃないんだよって俺は彼女に言いたい。彼女が捨てたのはあくまで俺であってノノじゃない。俺が、単に付き合ってみたらつまらない男で、趣味もあんまりなく、もっと言えば、珠希っていう張り合いというか強烈な対抗があったからこそ、俺みたいな男に興味を持った。それはそれで仕方のないこと」

「純吾」光介が呼びかける。「そんな言い方はよくないわ。俺も男として、わからんくもないけどそういう卑下しすぎた言い方はよくない。少なくとも俺は好かんよ」

「そう、かもね。わかった。じゃあまあ、客観的事実になるべく即して言おうとすれば、そりゃ、やっぱり、ノノのことで涼子は相当苦労したと思う。これは相性の問題かもしれないけど、こんなこと、涼子のためには言いたくないけどでも、まあ、彼女とノノとは、相性が合わなかった、かもしれない。といってそれは真実の一部分だけど、でも一方で涼子はさ、ノノを寝かしつけるのが抜群にうまかったのよ」

手酌で純吾は自分の志野にお酒を注ぐ。

「彼女のさ、五つ違いのお姉さん、たかが五歳違いで母親代わりをやらされてたっていうんだから相当なもんだけど、とにかくそのお姉さんが涼子をあやすときによく、子守歌を歌ってたらしい。しかも自作の」

光介と巴香は耳を傾けている。

「それで、そのお姉さん作の子守歌を今度は涼子がノノに聞かせる。そうすると、もちろん毎回じゃないけど、かなりの確率で、ノノは大人しくなったの。その歌、そのリズムがさあ、かなり変わってて、まあ子供が自分で作った歌だからしょうがないけど、今の俺にはとても再現できない、へんてこりんな、とても俺だったら落ち着いて寝られないものだった」

「ふうん、ちょっと歌ってみて」巴香も手酌をする。

「無理無理」

「そこをなんとか、やればできる子だから純吾は」光介まで悪乗りしてくる。

「やめろやめろ」笑いながら純吾は杯を空にして「とにかく、俺は涼子に言いたい。涼子はノノを捨てたんじゃない、俺を捨てたんだ。ノノも涼子に捨てられたとは思ってないし、自分のせいで涼子が出て行ったとも思ってない。だって、今でも涼子の写真とか見ると興奮して、はしゃぐもん。だから気に病む必要はないって、彼女に言いたい」

「言えばいいやろ直接。電話番号とかメールアドレスとか、まさか消去してへんやろ？

涼子ちゃんに直接言ったったらええ。結構喜ぶと思うで」

「でもさ、それがまた問題で、それこそまるで、よりを戻したいみたいなことになるだろ？　別れて結構時間の経つこのタイミングでそんな、センシティブなこと言ったりしたら」

「ええやんか」

「よくない、もうあんな、つらい思いを涼子にさせたくない」

「まったくの見当違いかもしれないよ」巴香もポテトチップスを一枚取り「だって女の子って、過去を引きずらないもんよ」

「そうだったらいいと思う。そういう一般論が涼子にも当てはまってたら、どんだけいいか。でも、涼子は、最後の別れの日に玄関で崩れ落ちたんだよ」

「崩れ？」

「そう」純吾は徳利を持つ。しかし数滴が垂れるのみで中身は空だった。「俺」と言って純吾はその空の徳利を手に立ち上がる。

「いいから座れ」苦笑しながら光介が純吾の肩を持って座らせる。光介が隣室から一升瓶をそのまま持って戻った。

そして光介は、志野に日本酒をなみなみと注いでやる。純吾はそれに唇を当てる。

光介が促す。「話、聞いとるよ。続けて」

「何が起こったのよ？」と巴香も。

「最後の日ね。涼子が出て行くとき、その何年か前にもちょうど同じ構図で珠希が出て行って、でもそのときとは違うのが、見送る側だった涼子が見送られる立場になって、それで珠希のときにはベビーベッドに寝てたノノが、玄関まで見送りに来た。ハンターのようなあの目をして。でもそのときノノに発音できる意味のある言葉は、パパ、とか、バイバイ、とか、リョコちゃん、ぐらいなもんで」

「うん」二人は続きを待っている。

「ノノは状況をわかってんのか、意外とわかってるふうでもあったし、とにかく、去ろうとする涼子にすがったり、泣いたりはしない。珍しく困らせない。あの、意志のはっきりした眉毛と、射貫くような目、上目遣い、それから上滑りするあの声で、リョコちゃん、って言う。リョコちゃんバイバイ、って。これが永遠の別れになるかもしれないのに、そういう悲壮感はなく、でもあっさりした言い方になんか深い思いやりみたいなのがあるようで、リョコちゃんバイバイ、って淡々と繰り返す」

聞いていた巴香が新たなティッシュに手を伸ばす。

「で、それで、それまで固く直立してた涼子が、崩れちゃった」

「崩れたってどういう」

「いやほんとに、電池が切れたみたいに、顎を殴られて失神した人みたいにしてその場に崩れ落ちた。玄関にそのまま頭から不格好に倒れたまま、床で、最初は小声で、ごめんなさいごめんなさい、って言う」

「謝る必要ないのに」

「そう、謝る必要なんか全然ないのに、でもそうして玄関の床に向かって、ごめんなさいごめんなさいごめんなさい、って繰り返して声も大きくなって、もう号泣というか、嗚咽」

目頭を押さえながら巴香は、ふうっと息を吐く。

「涼子の泣いてる姿自体、初めて見たんだけどね。ごめんなさいって、しつこいぐらい。何年か前の、別れ際の珠希も大泣きしてたんだけど、意味合いが全然違う。泣き方も違う。その倒れてる涼子の肩とか頭をまた、ノノが手のひらで軽く揺するようにするんだけど、そういうのも含めてね、なんかね」

「私がおんなじ立場だったら」と言ってから喉を詰まらせ巴香は、ティッシュをもう数枚取った。

純吾が言う。

「だから涼子には、本当に悪いことをした。あのときのことで心に傷を残してなければいいと思う。そのぐらいショックな姿で、俺もそのときすぐには声をかけらんなくて、だから、ノノがいくら彼女の写真を見て懐かしがってても、手を叩いて喜んでるのを見ても、もう二度と会わせらんない。またの復縁なんてあり得ない。でも、その涼子に対して、気にしなくていいんだよって、ノノは確実に涼子のことを愛してたし、今も愛してるし、涼子に確かに愛されてたこともちゃんと理解している、大切な記憶の一部になってるって。それは俺のほうもそう。で、そういうのを直接言わずにここで、涼子とノノとそれから珠希のことを知ってる、巴香や光介に対して言うことは、まあ俺の自己満足でしかないけど、俺は言霊とかそういう超自然的なことは信じちゃいないけど、よかった。二人が俺に、言いにくいことをでも言いたかったように、それとはちょっと意味合い違うかもしれないけど、でも今夜、涼子のことをここで話せてよかったよ」

巴香と光介は、それでまだ話の続きを待っているかのようだ。しかし特にもう、話したいこともないみたい。思い出されることはいくらでもあるが。

ピンクとオレンジのガーベラと白磁の収まりを肴《さかな》に、酒を飲む。

誕生日に贈る花、ということで思い出されるのは、かつて珠希が両手にいっぱいのカサブランカを持って姿を現したことだ。満面の笑顔で、カサブランカの大時代的な華やかさも、その独特な芳香も冗談の種にするようだった。珠希はとにかく天性のイベント好きで、企画力と実行力に優れていた。二人きりともなれば愛情表現が豊かで、首にしがみついてくるよう飛びかかってくる。言葉もストレートで、照れや曖昧なほのめかしなどなかった。

涼子は反対に、育った環境によるらしいが、誕生日パーティーを苦手としていた。愛情表現も、言うほうも言われるほうも、得意ではなかった。そんな涼子を珠希と無意識に比べてしまっていたのだろうか。とにかく涼子は本当によくしてくれた。ノノの誕生日祝いを開かないわけにはいかず、開いたからには恋人の涼子を招かないわけにはいかず、招かれたからには涼子は一生懸命に努めてくれるのだった。

ちょっとでも空腹になると大騒ぎとなるノノのために、少ない量を種類多く一品ごとに、彼女はノノのもとに運んでくれる。そうすれば新しい皿が運ばれるごとに、ノノは好奇心で顔を輝かせて、やがて時間をかけて空腹を忘れるようになる。泣き叫ばない時間がそれだけ長くに引き延ばされる。

ところがいつまでもノノは、もういらない、とならない。次、次、と延々と求める。涼子が最初に企図していた料理はすべて出され、あとは冷蔵庫にあるもので即興の料理を小出しにする。それでもノノは、満足しない。次、次、と、いつまでも求めるのだった。

目が覚めて純吾は、暗い、と思う。布団がいつもと違う、と感じる。人の気配を感じ、そちらを見て、ああそうか、と思い出した。ここは伊豆の光介たちの家で、二階の寝室だ。

「光介、今何時？」と、机の上のノートパソコンのキーボードを叩いている光介に向かって、かすれ気味の声で尋ねた。

「五時、十三分」

「午前の？　午後の？」

それを聞いて光介は振り返り、

「午前のに決まってるやん」

「なんでこんな暗いとこでパソコン？　目悪くするぞ。ていうか俺に気を遣って電気つけないの？」

「いや、いつもこんな感じやで」

「何してんの？」

「ブログ書いてる。巴香のためのブログ。最近そういうのしてんねん」

「すごいじゃん」と純吾は驚いてみせるも、まだ覚醒しきってないのを自身に感じる。

「鶴見巴香、で検索したら出てくる？」

「おお。今度見てみてや。そんで感想聞かせて。アドバイスも欲しいわ」

「わかった、必ず」

そう言ってから純吾は、寝ていた布団をめくったり枕をどけたりしている。

「どないしたん？　探しもん？」

「うん、鞄。すごい寝汗かいてて、着替えたい」

「電気つけよか？」

「いや大丈夫。見つけた。目が慣れてきた」

そして新しい長袖シャツに着替えた純吾は、

「巴香は？」と問う。

「下で仕事。俺たち今や完全に、早寝早起き生活やから」

「喉渇いた」純吾は階下に向かおうとする。急な階段だ。そこの手前で振り返り光介に、

「俺をこの二階まで運んだの？」

「そやで、大変やってんから」

「記憶ない。酔って暴れた？」

「いや、ただ階段の途中で伏せってそのまま、いびきかいて寝てもうた。どんだけ揺さぶっても起きやがらへん」

「ごめん」

「かまへんかまへん。人生で初ちゃう？　おまえが俺に酒のことで介抱されんの。まあ、その何百倍も俺はおまえに迷惑かけてきたんやけどな」

「何百倍ってことはない」純吾は首を振り「せいぜい九十倍ぐらい」

「ああさよか」

それで純吾が黙るから、光介もノートパソコンに向き直る。

しばらくその後ろ姿を見つめてから純吾は、

「じゃあ」と声を投げかけた。「頑張って」

一階に降りて純吾は、電動ろくろの回る音を聞く。

作業台の前に座っている巴香。

「ひどい顔ね」と笑う。

「ああそうだ、変な夢見てた。それで汗がびっしょりで、喉渇いた」

「水とか、なんでも、好きに飲んで」と台所のほうを肩越しに指さす。「で、どんな夢見たの？」

「それがよく覚えてない」純吾はソファに腰を下ろした。「ノノについての夢だったと思う。今よりもっと小さいときの、ノノのお誕生日会でのこと」

「やっぱり夢でもノノちゃんのことなんだね、お父さん」

口の渇きを感じながら純吾は、かすれた低い声で、思い出し、思い出ししながら話す。

「ノノは、そんなに量食べるほうじゃないんだけどね、一回一回は。ただ今でも昔でもすぐお腹はすく。でも夢のなかのあのころのノノは、お腹すけばよく泣いて、それでさっきのは夢だから、いくら食べても食べ飽きない。だからどんどん食事出しても、まだまだだって頭を振る。料理出すのを止めると大泣きしそうで際限がない、まだまだって、次はって、そういう夢だった、確か」

「そう」巴香は微笑む。「大変やね」

関西弁混じりの微笑みの余韻をそこに置いてから巴香は、再び正面を向き、ろくろを回す。手で成形したその小皿を、糸で粘土から切り離す。柔らかな粘土のままのそれを慣れた手つきで桟板《さんいた》に三列に並べる。その三列が板にいっぱいになれば、すぐ横の乾燥棚に板を置く。

「それ何？　そんな、たくさんの小皿」

「かわらけ。このかわらけに、お米とかお酒を入れて、儀式に使うの。地元の神社で使う祭器を、まあまあな個数注文されたからね。今はこういう小さい無個性な作品をいくつかオートマチックに作っていくほうが、余計なこと考えずに集中できて、精神衛生にもいいみたい。ちょっと楽しい」

「集中できるってのはいいね」

「うん、まあリハビリ。メーカーからの賃引き、下請けみたいなこともいろいろしてる。無記名のお仕事。この業界、自分の名前でいったん値付けしたからにはもう、以前の作品より安くできないから。買ってくれた昔のお客様に申し訳ないから」

見ているに、一分弱で一個のかわらけを、成形から糸で切って桟板に乗せるところまで仕上げる。次々とできあがってゆく。その作業中でも話しかけて構わないのは、陶芸サークルに入っていた学生時代から承知していることではある。しかし話しかけない。話すことがない。

喉の渇きをようやく癒す気になって、台所に立つ。水は冷たかった。おいしい。全身に染み渡る。

戻る。また新たな一枚が、桟板に乗せられていた。いつまでも見ていられる光景だな、と純吾は思った。

李龍徳《イ ヨンドク》
LEE YONGDUK
★
一九七六年、埼玉県生まれ。在日韓国人三世。早稲田大学第一文学部卒業。二〇一四年、『死にたくなったら電話して』で第五一回文藝賞を受賞しデビュー。他の著書に『報われない人間は永遠に報われない』（二〇一六年、第三八回野間文芸新人賞候補）がある。

初出／「文藝」2017年春季号

愛《あい》すること、理解《りかい》すること、愛《あい》されること

★

二〇一八年八月二〇日 初版印刷
二〇一八年八月三〇日 初版発行

著者★李龍徳《イヨンドク》

装幀★鈴木成一デザイン室

装画★佐藤正樹

発行者★小野寺優

発行所★株式会社河出書房新社
〒一五一―〇〇五一 東京都渋谷区千駄ヶ谷二―三二―二
電話★〇三―三四〇四―一二〇一［営業］〇三―三四〇四―八六一一［編集］
http://www.kawade.co.jp/

組版★KAWADE DTP WORKS

印刷★株式会社暁印刷

製本★小高製本工業株式会社

Printed in Japan

落丁本・乱丁本はお取り替えいたします。

ISBN978-4-309-02720-3